걷다

열린책들 하다 앤솔러지 1

걷다

김유담

성해나

이주혜

임선우

임현

차례

없는 셈 치고
김유담

1

고모는 유방암 수술을 받기 전날 네 시간을 직접 운전해 서울로 올라왔다. 수술 후 집으로 가는 길에는 내가 운전대를 잡았다. 뒷좌석에 앉은 고모는 차가 조금만 흔들려도 낮은 신음 소리를 냈다.

나는 Y시로 향하는 내내 핸들을 조심스레 붙잡았다. 마음이 조마조마해 자꾸 룸미러로 고모를 힐끔거렸다.

—고모, 죄송해요. 최대한 안 흔들리게 하려고는 하는데…….

—아이다, 할 수 없지. 니 잘하고 있다. 앞에 봐라. 사고 날라.

고모는 내게 운전을 편안하게 잘한다고 칭찬했다. 그러고는 자신은 이제 운전이 어려울 것 같으니 타고 온 차를 몰고 가라고 최대한 빨리 명의를 바꿔 주겠다고 선심 쓰듯 말했다. 서울에서는 자가용을 몰 일이 딱히 없다며 거절했지만 고모는 한사코 내 손에 차 키를 쥐어 주었다. 시골 동네에서 차 없이 살기가 녹록하지 않을 거라며 지금 당장은 운전이 어려워도 회복 후에 예전처럼 운전도 하고 활기차게 지낼 수 있을 거라는 내 말에 고모는 버럭 화를 냈다.

　　─활기차기는 머가 활기차? 남편 먼저 보내고 딸년은 생사도 모르고 사는 내가 무슨 활기가 있다 카노. 서울역까지는 기차를 타고 가도 서울 가서 병원 다닐라 하믄 차가 있어야 안 되겠나. 항암하고 외래 다니고, 길눈 어두운 할마시가 혼자 지하철 타고 다니야겠나.

　　그제야 고모가 차를 물려주려는 진짜 속내를 알아차리고 더는 대꾸를 하지 못했다. 고모가 암 수술을 받느라 입원을 하고, 항암 치료를 받는 내내 내가 그 곁을 지켰다. 혼잡하고 복잡한 구조의 대학 병원에서 고모는 출입구조차 제대로 찾지 못하고 헤매기 일쑤였고, 입원과 수술 과정에서 보호자가 반드시 필요했다. 나는 병원 원무과와 키오스크, 간호 데스크를 오가며 동의서를 작성하고 의료진을 만났다. 고모를 간호

하는 일은 직장에서 규정으로 정한 정식 가족 돌봄 휴가를 사용할 수 있는 범위에 들지 않았다. 개인 사유로 연차와 반차를 쓸 때마다 어쩔 수 없이 고모가 암에 걸렸고, 고모를 돌볼 사람이 나밖에 없다는 사정을 구구절절하게 설명해야 했다.

　—어머니도 아니고 고모라며, 조카가 그렇게까지 해야 하는 거야?

　거래처와 중요한 미팅이 있던 날, 평소보다 일찍 퇴근을 해야 한다는 말을 어렵사리 꺼냈을 때 참다못한 팀장이 내게 짜증 섞인 말투로 말했다.

　—개인적인 집안 사정을 다 말씀드릴 수는 없지만…… 그럴 만한 사정이 있습니다.

　팀장은 이해할 수 없다는 표정을 지었고, 나는 그해 연말 인사 고과 최하점을 받았다.

　그때 나는 고모가 살날이 얼마 남지 않았을 거라고 생각했다. 그건 우리 집안의 내력이었다. 마흔 살의 나이에 간암에 걸려 죽은 아버지 나이에 가까워질수록 나 역시 그런 운명을 피하지 못할 거라는 예감에 휩싸여 있었다. 환갑까지 살고 폐암으로 떠난 할머니를 떠올리며 어쩌면 그만치는 살 수 있을지 모르겠다고 생각하기도 했다. 몸에 해롭다는 건 절대 가까이 하지 않고 살던 고모까지 암에 걸렸다는 소식을 듣자 올

것이 왔다는 생각이 들었다. 고모 다음 차례는 나일 거라고, 나는 죽음을 예행연습 하는 기분으로 고모 곁에서 그를 보살폈다.

사고로 남편을 잃고도 의연했고, 딸이 절연을 선언하고 매몰차게 떠났을 때에도 아쉬울 게 없다며 강한 척했던 고모가 몸이 아프면서부터는 불안하고 쇠약한 모습을 자주 보였다. 살고 싶다고, 이대로 죽을 수는 없다고 울부짖다가 자신은 이미 글렀다며 모든 것을 체념한 사람처럼 굴기도 했다. 내가 죽어도 슬퍼할 사람 하나 없다고, 내가 살아서 뭐 하겠느냐고 한탄하기도 했다. 그럴 때마다 나는 조금만 힘을 내보자며 고모를 어르고 달랬다. 항암제 부작용으로 새카맣게 타들어 간 듯한 고모의 손끝을 쓰다듬으며 말했다.

—고모, 그래도 고모한테는 제가 있잖아요.

그 말을 할 때만큼은 마음 한편이 말랑해졌다. 고모의 보호자를 자처하면서 친딸도 못해 주는 일을 내가 하고 있다는 자족감을 느끼고 있었는지도 모르겠다.

암 수술을 받은 지 2년이 지난 지금, 고모는 일상생활에 지장이 없는 수준으로 건강을 되찾았다. 하지만 고모는 여전히 내가 보호자 역할을 해주길 바랐다. 그런 고모를 감당하는 것이 점점 힘에 부쳤다. 고모와 안부나 근황까지는 나눌 수 있지만 하루하루의 컨디션과 시시콜콜한 일상까지 공유하며 스트레스를 받고 싶지는 않았다. 한동안 고모의 전화를 받지 않았다. 더는 고모에게 끌려다니지 않겠다고 다짐하면서.

고모는 아랑곳하지 않고 내게 계속 메시지를 보내왔다.

전화 좀 해라.

중요한 일이 있다.

진짜 할 말이 있다니까.

차를 써야 한다.

차를 써야 한다는 말은, 나를 써야 한다는 말이기도 했다.

오피스텔 지하 주차장으로 내려갔다. 2015년식 그랜저에 시동을 걸고 좁은 주차면 앞뒤로 왔다 갔다 하다가 제자리에 차를 두고 내렸다. 지난달 고모를 태워 외래 진료를 다녀온 뒤로 한 달 가까이 세워만 두었는데, 다행히 배터리는 나가지 않은 모양이었다.

이튿날 아침, 차를 끌고 마트로 향했다. 휴지와 세제, 빨랫비누 같은 생필품을 손에 집히는 대로 잡아 쇼핑 카트에 넣었다. 고모의 집에 갈 때마다 빈방에 내가 부려 놓는 것들이었다. 장을 보는 중에도 고모에게서 전화가 여러 통 왔다. 나는 전화를 받지 않고 쇼핑에만 집중하려 애썼다.

민아한테 소식이.

카트를 밀다가 그 자리에 멈췄다. 민아에게 무슨 일이? 나쁜 소식은 아니길 바라며 고모에게 전화를 걸었다.

2

민아를 마지막으로 본 것은 3년 전 종로 3가였다. 원래는 종각에서 친구를 만나기로 했는데 지하철 한 정거장을 더 와버렸고, 지하철을 타고 되돌아가는 것보다는 걷는 게 빠를 듯해 종로 3가에서 광화문 방향으로 걸어가던 중이었다. 민아는 하얀색 반팔 셔츠와 검은색 정장 바지를 입고 검정 단화를 신고 있었다. 그 옆에 하얀색 블라우스와 검은색 스커트를 입은 여자가 함께 서 있었는데, 우리보다는 열 살쯤 나이가 많아 보였다. 하나로 묶어 동그랗게 말은 머리카락을 검은색 머리망으로 정리해 잔머리 한 올 없이 단정한 모습으로 환하게 웃는 민아, 길 가던 사람들에게 다가가 스스럼없이 말을 거는 민아, 내가 알던 것과는 전혀 다른 사람이 된 민아, 나는 그 애에게 바로 달려가지 못하고 서너 발짝 떨어져 가만히 쳐다만 보고 섰다. 민아는 내 시선을 느끼지 못한 채 어떤 학생 하나를 붙들고 이야기를 하다가 검은색 스커트 여자가 눈짓을 하자 내 쪽을 쳐다봤다. 민아는 나와 눈이 마주치자마자 얼굴을 찌푸렸다. 내가 잘 아는 민아의 표정이었다. 귀찮고 짜증 나는 상황에 처했을 때면 민아는 눈을 잔뜩 찌푸리며 입술을 깨물었다. 민아에게 붙들려 있던 학생은 이때다 싶었는지 잽싸게 자리를 벗어났다.

—민아야…… 너 맞지? 아까부터 계속 보고 있었어. 지금 뭐 하는 거야? 그동안 서울에 있었던 거야?

—어? 어어. 얘기하자면 길어. 지금 내가 좀 바빠서. 그럼 다음에 보자.

—다음이라니? 무슨 소리를 하는 거야? 왜 바쁜데? 너 어디 살아? 고모가 얼마나 너 걱정하시는지 알아?

—네가 대신 전해 드려. 나는 잘 지내고 있으니 걱정하지 마시라고.

민아는 짜증 가득한 표정을 거둬들이고 어색하게 웃었다.

—보시다시피, 나는 건강하고 별일 없이 지내.

—민아야, 그래도 이건 아니지. 우리가 지금 얼마 만에 만난 건데. 이러지 말고 집에 가자. 아니, 잠깐 차라도 한잔해.

나는 민아에게 다가가 팔을 붙들었다.

—지금은 안 돼. 예배 시간이 되어서 들어가 봐야 해.

민아가 억지로 팔을 빼며 말했다.

—예배? 거기가 어딘데, 나도 같이 가. 너 사는 곳이 어디야? 주소 대봐.

　내가 추궁하듯 묻자 민아 옆에 있던 정장 스커트가 옆으로 다가와 내 어깨를 지그시 잡았다.

　—자매님, 여기서 이러시면 안 됩니다. 민아 자매님에게도 사생활이 있는데 본인 의사를 존중하셔야죠.

　힘을 잔뜩 실어 내 어깨를 누르는 여자의 손을 밀쳐 내며 소리쳤다.

　—이거 놔요, 이러니까 더 수상하잖아. 그럼 너 전화번호라도 찍어 줘. 지금 내가 바로 발신 눌러 볼 테니까 휴대폰 내놓고 확인시켜 줘.

　나는 다시 민아의 팔목을 붙들어 잡았다. 연락처를 알려 주지 않으면 손을 절대 놓지 않겠다고 소리쳤고, 몇 번의 실랑이 끝에 민아는 내게 전화번호를 알려 줬다. 언제 시간이 되냐는 물음에 다시 연락하겠다고만 답했다. 여자와 함께 황급히 택시를 타고 종로를 떠나는 민아를 쫓아가지 않았던 것을 나는 오래도록 후회했다.

　민아가 알려 준 번호로 여러 번 전화를 걸고 메시지를 보냈지만 연락이 되지 않았다. 그러고 나서 몇 달 지나지 않아 고모가 암 진단을 받았다. 엄마가 유방암에 걸렸고, 큰 수술을 앞두고 있다는 메시지를 보내도 답신이 없었다. 답답한 마음에 종로와 광화문 주변을 돌며 민아를 찾아보려 했지만 소용이 없었다. 번화가에서 민아와 비슷한 복장을 하고 포교 활동 중인 사람들을 만날 때면 권민아를 아느냐고, 내 사촌인데 꼭 전해야 할 소식이 있다며 묻기도 했지만 민아 소식을 들을 수는 없었다.

고모는 이 이야기를 모른다. 처음에는 민아를 놓친 원망을 들을까 봐 전하지 않았고, 나중에는 고모의 병환이 악화될까 봐 말하지 못했다. 고모가 암에 걸렸다는 소식을 듣고도 연락을 하지 않았다는 사실을 알게 되면 두고두고 상처가 될 것 같았다.

3

고향 방문을 환영합니다.

톨게이트를 벗어나 Y시 초입에 들어서자 커다랗게 걸린 현수막이 눈에 들어왔다. 그러고 보니 다음 주가 추석이었다. Y시는 아버지의 고향이었고, 고모가 평생 살아온 곳이었다. 내가 돌도 되기 전에 생모가 떠났고, 이혼남이 된 아들이 혼자 딸을 키워야 한다는 소식을 듣고 할머니는 득달같이 우리가 사는 인천으로 올라와 함께 살았다. 내가 초등학교에 들어갈 무렵 할머니가 폐암으로 세상을 떠났다. 엄마 없이 자라는 것은 딱한 일이 아니었다. 엄마의 부재를 느끼기도 전에 할머니가 아프기 시작하면서 나는 할머니가 죽을까 봐 매일 전전긍긍했다. 할머니가 엄마이고, 내 전부로 여겨졌던 시절이었다. 아버지는 다정한 사람이었지만, 그만큼 나약한 사람이기도 했다. 할머니가 세상을 떠난 후 퇴근하고 집에 돌아와 잠드는 순간까지 늘 술만 마시던 아버지가 갑자기 피를 토하며 쓰러졌을 때, 나는 아버지도 곧 세상을 떠나리라는 것을 예감했다.

모친과 오빠가 떠나자 고모는 그들이 키우던 조카딸을 자기 집으로 데려왔다. 고모가 나의 보호자가 되는 것이 법적으로는 당연한 수순이었지만, 그것이 고모에게 당연한 선택이 아니었다는 건 나도 안다.

—우리는 니를 딸처럼 키웠다. 니는 우리에게 딸이나 마찬가지다.

고모와 고모부는 나와 민아를 차별하지 않고 키웠다고 종종 생색을 냈다. 민아와 나는 동갑내기로 내가 민아보다 다섯 달 먼저 태어났다. 고모는 언니라 부르라 했지만, 민아가 나를 언니라고 한 적은 없다. 민아가 나보다 어려서부터 키가 훌쩍 컸기에 밖에 나가면 내가 동생 취급받을 때가 많았다. 우리는 자매처럼 컸다. 고모는 우리 둘을 똑같이 대하려 애썼다. 옷이나 학용품은 언제나 같은 걸로 두 개씩 샀고, 나에게 민아 옷을 물려 입히지 않고 새 걸로 사 입혔다. 경찰 공무원인 고모부의 월급만으로 살림을 꾸려야 하는 넉넉지 않은 형편이었음에도 고모는 물건, 용돈, 사교육까지 치우침이 없도록 둘에 대한 지원을 자로 잰 듯 똑같이 맞춰 주려 했다.

고모부가 나를 딸처럼 생각한 것은 맞았다. 딸 민아를 대하는 것과 마찬가지로 내게 욕을 하고 함부로 손찌검을 했다. 그런 제 아버지에게 기를 쓰고 대거리를 하고, 반항을 일삼던 민아와는 달리 나는 숨죽여 지낼 수밖에 없었다. 나는 그에게 피 한 방울 섞이지 않은 처조카였으니까. 한두 대만 맞고 싹싹 비는 나와는 다르게 끝까지 대거리를 하던 민아는 항상 나보다 많이 맞았다.

중학교에 입학한 후로 민아는 걸핏하면 가출을 했다. 십 대 시절 민아의 가출은 일주일을 넘기지 못했다. 경찰인 고모부가 민아가 전국 어디에 있든 찾아내 집에 데리고 들어왔다. 온몸에 멍투성이가 되도록 매질을 해도, 머리카락을 밀어 버려도, 민아의 가출 벽은 고쳐지지 않았다. 처음에는 어울리던

학교 친구들과 의기투합해 가출했다가 나중에는 집 밖에서 만난 아이들과 연락이 닿아 집을 나가기도 했다.

민아가 집을 나가면 고모와 고모부는 서로를 잡아먹지 못해 안달하며 싸웠다. 고모부는 고모에게 애 간수를 어떻게 한 거냐고 질책했고, 고모는 당신이 폭군처럼 군림하며 집을 불편하게 만들어 놓아서 아이가 겉돈다며 남편에게 비난을 퍼부었다. 집에서 시끄러운 소리가 날 때면 나는 방 밖으로 나가 볼 엄두조차 내지 못한 채 이불을 뒤집어쓰고 혼자 훌쩍거렸다. 종내 고모부의 주먹질로 싸움이 끝날 무렵, 민아에게 전화를 걸고 메시지를 보내 애걸하는 게 내가 할 수 있는 일의 전부였다.

민아야, 너 어디야. 모두 너무 걱정하셔. 고모랑 고모부도 너한테 다 미안하대. 그러니까 집으로 돌아와.

지랄, 엄마도 아빠도 다 필요 없으니까 너 다 가져.

민아가 가진 걸 내가 절대 가질 수 없다는 걸 그제야 알았다. 고모부와 고모가 보호자로서 흠결이 많은 사람들이었지만 나는 그들을 필요 없다고 내칠 수 없었다. 민아가 아무렇게나 할 수 있는 말을 나는 하지 못했다. 고모의 가족들이 서로를 죽도록 미워하고 할퀴어 대는 틈바구니에서 나는 그중 누구도 쉽게 미워할 수조차 없었다.

더 많이 사랑하는 것, 그것이 나의 생존 방식이었다. 쉬이 사랑을 받을 수 없었으므로 사랑을 갈구하는 만큼 나는 고모를 사랑했다. 어쩌면 고모가 저런 취급을 받고 사는 게 나 때문일지도 모른다고 생각했다. 나를 데려와 키우느라, 더부살이를 하는 나 때문에 고모가 안 당해도 될 일을 겪고 있다는 생각이 자꾸 들었다. 그렇게 고모를 측은하게 바라보다 보면 많은 것이 견딜 만했다.

한 뼘쯤 열린 하얀 대문을 밀어 마당으로 걸어 들어갔다. 마당 곳곳에 잡풀이 삐죽삐죽 올라온 모양이 볼썽사나웠다. 계단 세 개를 올라 현관문 앞에 깔린 널따란 초록색 매트 위에 잠시 멈춰 섰다. 신발을 비비며 흙먼지를 털었다. 현관에 들어서 신발을 가지런히 벗어 정리해 두고 거실로 들어갔다. 고모부가 살아 있던 시절 우리에게 매일 요구하던 일이었다.

—잘하라고 안 한다. 그냥 기본만 지키라고 하는 기다. 기본적인 것들. 학생이 해야 하는 것 기본적인 거.

고모부가 생각하는 기본의 기준은 항상 높았다. 밥상의 기본, 집 안 정돈의 기본, 학생의 기본, 그 기본에 가닿지 못하면 아내와 딸, 조카를 가릴 것 없이 타박하고 몰아붙였다. 그것이 가혹하다고 여기면서도 아등바등 맞추다 보니, 남의 도움

받지 않고 제 앞가림은 하고 살게 됐다.

— 고모, 저 왔어요.

— 왜 이래 늦게 왔노. 아침부터 기다리고 있었는데.

고모는 거실 소파 구석 자리에 외출복 차림으로 앉아 있었다. 곱게 화장을 하고 머리를 빗은 다음 동상처럼 앉아서 거실 창만 뚫어져라 쳐다보고 있던 모양이었다. 아침부터 오후 2시가 될 때까지 내가 오기만을 기다리며 점심도 먹지 않았다는 고모의 말에 괜히 눈치가 보였다. 내 딴에는 최대한 빨리 오느라 온 거였다. 서울에서 Y시까지는 차로 꼬박 네 시간이 걸렸다. 아침에 잠깐 회사에 들러 급한 일을 처리하느라 출발이 늦어지는 바람에 중간에 휴게소 한번 들르지 못했다.

민아 얘기부터 해보라고, 무슨 소식이냐고, 앉을 생각도 하지 못하고 고모 옆에 선 채로 질문을 해댔다. 자세한 건 얼굴 보고 얘기하자던 고모는 내 얼굴은 제대로 쳐다보지도 않고 창밖만 바라봤다. 장도 보고, 마당에 풀도 뽑아야 하고, 다음 주가 추석이라 할 일이 태산인데 언제 이걸 다 하냐며 한탄조로 중얼거리는 고모에게 내가 따져 물었다.

— 그게 무슨 말이에요? 민아는? 어딨어요?

— 배고프다. 우선 점심부터 묵자. 내 아무것도 안 했다. 밖에 나가서 묵자.

—민아한테는 언제 가보시게요? 지금 어디 있대요?

　　—가기는 어델 가.

　　딴청을 피우는 고모의 모습에 슬슬 화가 나려고 했다.

　　—민아, 찾았다면서요? 가봐야죠.

　　—여어가 저거 집인데 지 발로 오겠지. 장 보러 가자. 집에 온다 카더라.

　　—민아가 오기로 했다고요? 연락이 된 거예요?

　　—그래, 온다 했다니까. 올 끼다.

　　민아가 어디 있는지, 어떻게 연락이 와서 무슨 말을 했는지 고모는 말을 아꼈다.

　　공원 근처 노상 주차장에 차를 대라고, 점심을 먹은 다음엔 두 시간씩 걸어야 한다고 고모가 말했다.

　　—이렇게 더운데 어딜 걷는다고요?

　　9월 초였지만 아직 가을보다는 여름에 가까운 날씨였다. 고모는 대답 없이 차에서 먼저 내려 시장 쪽으로 걸어갔다.

　　오일장이 열리는 날이 아니라 재래시장은 한산했다. 고모는 가게들을 둘러보며 시장 통로를 걸었다. 아케이드 지붕이 설치되긴 했으나 늦여름 한낮의 햇살을 막기에는 부족해 보였다. 양산을 씌워 주겠다고 해도 고모는 고개를 저으며 혼자

앞서 나갔다.

— 오늘은 혼자가 아니라 딸내미랑 같이 왔네.

가게에 들어서자 국밥집 여자가 먼저 알은 체를 했다. 고모가 매일 오다시피 하는 시장 소머리국밥집이었다. 2년 전 암 수술과 항암 치료를 거친 후로 고모는 더 이상 집에서 밥을 해 먹지 않는다. 아침 식사로는 삶은 달걀과 과일, 채소를 먹고, 점심은 시장에 나가 입맛대로 사 먹었다. 저녁에는 선식이나 미숫가루로 간단히 요기 정도만 하고 아침까지 공복을 유지했다. 많이 먹는 건 암 세포에게 밥을 주는 거나 마찬가지라고, 건강 관련 유튜브에서 본 내용을 금과옥조처럼 여기며 고모는 하루에 한 끼 정도만 배불리 먹었다. 아무래도 고모 집에서 저녁을 제대로 얻어먹기 어려울 것 같아 공깃밥을 추가로 주문했다. 미리 든든하게 먹어 둘 생각이었다.

— 고향 음식을 묵으니 입맛이 도나 보네. 간만에 묵어도 맛 그대로제?

국밥집 여자가 공깃밥을 가져다주며 슬며시 웃었다. 나는 대답 없이 고개를 그릇에 파묻고 국밥을 열심히 입에 퍼 넣었다. 국물이 뽀얀 소머리국밥을 좋아하긴 했지만 열 살부터 스무 살까지 십여 년 살았던 Y시를 고향이라고 생각해 본 적은 단 한 번도 없었다.

─우째 그래 엄마랑 똑 닮았는지 모르겠네. 볼수록 닮았다, 그쟈?

점심시간이 지난 때라 식사 손님은 나와 고모 둘밖에 없었고, 국밥집 사장은 심심한지 우리 테이블을 여러 번 오가며 말을 붙였다.

─그래 닮았나, 내는 잘 모르겠던데.

고모는 긍정도 부정도 하지 않은 채 희미하게 웃었다.

어려서부터 고모와 같이 밖에 나갈 때마다 붕어빵 같은 모녀지간이라는 말을 들었다. 티내지 않았지만 나는 그 말이 좋았다. 고모와 다니면서 쏙 빼닮은 모녀지간이라는 소리를 들을 때면, 그 순간만큼은 내가 엄마 없는 아이처럼 보이지 않아서 어깨에 힘이 들어갔다. 하지만 젊은 시절의 고모는 고개를 절레절레 흔들며, 잘 몰라서 하는 소리라고, 우리는 별로 닮은 구석이 없고, 내가 더 많이 닮은 사람은 따로 있다고 말했다. 고모의 오빠, 죽은 내 아버지를 두고 하는 말이었다. 쌍꺼풀이 진 큰 눈, 넓고 낮은 콧등, 작은 체구는 우리 집안의 내력이었다. 고모와 아버지는 외모와 체형이 닮았고, 내가 그런 아버지를 닮았으니 나와 고모가 닮았다는 말도 맞는 말이었다. 하지만 고모는 나와 닮았다는 소리를 듣는 것을 달가워하지 않았다.

초등학교 4학년 겨울, 시장 좌판에서 마음에 드는 부츠 한 켤레를 발견하고 그 앞에 물끄러미 서 있었던 적이 있다. 검정 리본이 달린 빨간 부츠였다. 좌판 앞을 떠나질 못하는 나를 보고는 신발 가게 상인이 건너편 어물전에 있는 고모를 가리켰다.

—너거 엄마 맞제? 똑 닮았네. 엄마한테 한 켤레 사돌라 캐라. 엄마 일로 좀 와보소. 딸아가 여기 신발 앞에서 눈을 못 띤다.

어물전에서 생선을 고르던 고모가 신발 좌판 앞으로 왔다.

—머꼬, 이거 사고 싶단 말이가.

—네, 엄마. 저 이거 갖고 싶어요.

고모를 엄마라고 부르는 것도, 뭔가를 사달라고 말해 본 것도 처음이었다. 고모는 나를 흘겨보며 말했다.

—엄마는 무슨 엄마, 내 너거 엄마 아이다. 아나, 마음에 들면 신어 봐라.

나는 당황한 마음에 얼굴이 굳었다. 둘 사이의 어색한 기류를 어리둥절한 얼굴로 바라보고 있는 신발 가게 주인에게 고모는 무심한 얼굴로 말했다.

—내는 엄마가 아니고, 고모인 기라. 야는 저거 아빠 판박이지, 내캉은 닮은 것도 아이라. 엄마 아빠 다 하늘나라 가뿌

릿 갖고 내가 딸처럼 키운다 카이. 우리 딸은 저기 있다 아이
가. 민아야, 니도 일로 와서 부츠 한번 신어 봐라. 언니가 이거
산다 카네.

엄마가 부르는 소리에 군것질거리를 파는 리어카 앞을 기
웃거리던 민아가 득달같이 달려왔다.

그날 민아와 똑같은 부츠를 한 켤레씩 사서 그걸 신은 채로
집으로 돌아왔다. 내가 고른 부츠였는데, 다리가 길고 늘씬한
민아에게 훨씬 더 잘 어울렸다. 내가 신으니 본새가 나지 않
고 빨간 고무장화같이 둔탁해 보였다. 고모와 민아가 손을 잡
고 걸었고, 나는 그들과 팔 하나 거리만큼 떨어져 걸었다. 민
아는 나와 고모를 왔다 갔다 하며 두 사람의 손을 번갈아 가
며 잡고 재잘댔다.

고모나 나는 작고 아담한 체구에 귀엽다는 소리는 들을지
언정 객관적으로 예쁘다고 하기 어려운 외양을 지녔다. 우리
임 씨 여자들과는 달리, 민아는 고모부를 쏙 빼닮아 늘씬하
고 키가 컸다. 고모는 그것을 자랑스러워했다. 고모부에 대
해서도 마찬가지였다. 외모로는 어디 흠잡을 데 없는 양반이
라고 그저 풍채 좋고, 인물 좋은 고모부에게 반해 성질이나
손버릇이 나쁜 건 미처 살피지 못했다고, 고모는 두고두고 얘
기했다.

고모는 나에게 네 엄마는 죽은 거나 마찬가지라고, 그러니 자신을 엄마처럼 생각하라고 했지만, 집 안에서든 밖에서든 엄마라고 부르는 것만은 허락하지 않았다. 오히려 내가 죽은 오빠의 딸이며 그 아이를 친딸과 똑같이 키우고 있다는 사실을 공공연히 알리고 싶어 했다. 좋은 일을 한다는 공치사를 듣고 싶었던 걸까. 아니면 고모부나 민아의 눈치를 보느라 그랬던 걸까. 이해해 보려고 하지만, 단 한 순간도 허투라도 엄마라고 불러 볼 사람이 없다는 건 열 살 남짓한 여자아이에게 꽤나 가혹한 일이었다.

　이상하게도 고모는 암을 앓게 된 이후부터 나와 모녀지간이라고 생각하는 사람들의 오해를 굳이 정정하려 들지 않았다. 같은 병실을 쓰던 환자들이 딸과 닮았다는 말을 할 때 아니라는 소리를 내뱉는 대신 입을 꾹 다물었다. 간호사들도 나를 늘 임성란 씨 따님이라고 불렀다. 어린 시절 내가 엄마 없는 아이라는 걸 들키기 싫었듯 고모도 병원 사람들에게 자신의 처지를 들키기 싫었을 거라 생각한다. 민아가 아닌 내가 고모의 딸로 불리면 좋겠다고 간절하게 바란 시기가 있었다는 걸 고모에게 굳이 말하지 않는다. 이제는 아니었으니까. 너무 늦게 이뤄진 소망은 그것을 갈망하던 시기를 계속 상기시켜서 가슴을 아리게 만든다.

그렇다고 해서 고모가 나를 사랑하지 않았다고 생각하지는 않는다. 다만, 고모는 민아를 세상에서 가장 사랑했다. 그 당연한 마음을 숨기려 공명정대한 사람처럼 굴다가 결국은 모두에게 심술궂은 사람이 되어 버렸다.

4

민아가 인문계 고등학교가 아닌 상업고에 진학해 졸업 후 바로 취업을 하겠다고 선언했을 때, 나는 가슴이 철렁 내려앉는 기분이었다. 우리가 너에게 돈 벌어 오라고 한 적 있느냐고 그래도 4년제는 나와야 기본은 하고 산다고 역정을 내는 고모부에게 민아는 특성화고가 얼마나 전망이 좋은지 길게 이야기하며 설득하려 했다. 눈을 가늘게 뜬 채 민아의 이야기를 진지하게 듣는 고모부를 보며 혹시나 나까지 민아와 같은 학교로 딸려 갈까 봐 조마조마한 마음이 들었다. 민아도 가지 않는 대학을 나만 가겠다고 우기기가 쉽지 않았다.

인문계 고등학교에 가서 서울에 있는 대학에 진학하고 싶다는 마음을 어렵사리 내비쳤을 때 고모는 잠깐 생각에 잠겼다가 이내 고개를 끄덕였다.

─니만 잘하면, 우리는 할 수 있는 지원은 해줄 끼다.

너만 열심히 하면 대학도 보내 주고, 시집도 보내 줄 거라고, 오빠 죽기 전에 한 약속을 지킬 거라고, 고모는 내게 여러 번 다짐하듯 큰 소리로 말했는데 그때마다 시선은 고모부의 얼굴에 가 있었다. 너만 잘하면……. 무엇을 얼마나 잘, 해야 하는지 모르면서 나는 고모와 고모부 눈에 들기 위해 최선을 다했다.

고등학교에 들어간 후로 민아도 제법 마음을 잡은 것처럼 보였다. 더는 가출을 하지 않았고, 학교생활에도 열심이었다. 민아는 나보다 반년 정도 이르게 집을 떠났다. 충북 D시에 있는 철강 공장에 경리 사원으로 취업해 기숙사 생활을 하게 됐다며 환하게 웃던 민아의 얼굴이 떠올랐다. 집 떠나면 고생이라며, 대체 뭐가 아쉬워 공장에 가냐며 나가서 고생을 해봐야 집 귀한 걸 안다고, 몇 달 버티지 못하고 다시 집으로 오게 될 거라고 장담한 고모의 말이 무색하게 민아는 직장 생활에 적응을 잘했다. 명절이 아니고서는 Y시에 내려오지도 않던 민아가 회사 생활을 한 지 2년쯤 지났을 때, 결혼을 하겠다며 집에 남자 하나를 데리고 왔다. 같은 공장 생산 라인에서 일하는 오빠라는 그 남자는 민아보다 열 살이 많은 사람이었다. 민아가 그간 쌓은 직장 생활 경력을 바탕으로 대입 재직자 전

형에 도전해 보길 기대했던 고모와 고모부는 절대 안 될 일이라며 펄쩍 뛰었다. 민아는 애걸하거나 사정하는 법이 없었다. 그럴 줄 알았다는 반응을 보이며 자리를 털고 일어섰고, 그 뒤로 집에 발길을 끊었다.

민아가 그 남자와 살림을 차렸다는 소문이 돌았지만 고모와 고모부는 알은 체하지 않았다. 어서 민아의 연애가 실패로 끝나길 바라는 마음이었다. 그러다가 그 남자가 용광로 폭발 사고로 사망했다는 소식이 전해졌을 때, 고모는 적잖이 당황했다. 고모는 서울에서 대학을 다니던 나를 굳이 대동해 민아를 찾아갔다. 대학생이 된 나를 보면 민아도 부러워서 마음을 고쳐먹을 거라고 했다. 민아는 내게 전혀 관심을 보이지 않았다. 민아는 대학을 가고 싶어 한 적이 없었다. 그저 집을 떠나 자신이 사랑하는 사람과 오래오래 행복하게 살고 싶었을 뿐이었다. 먹지도, 자지도 못한 채 퀭한 얼굴로 가슴을 치며 우는 민아를 붙들고 고모는 이럴수록 정신을 똑바로 차려야 한다고 소리쳤다. 고인의 죽음은 안타깝지만 결혼까지 가지 않은 것을 차라리 다행이라고 생각하자고, 그런 이상한 공장에서 어서 나와야 한다고, 너도 거기 있다가 무슨 일을 당할지 모른다고, 어서 짐을 싸서 집으로 돌아가자고 사정했다.

민아가 소리를 버럭 질렀다.

―아직 정확한 사인조차 밝혀지지 않았는데, 그 사람을
두고 어떻게 이런 말을 해? 나는 못 가. 나한테는 그 사람이
가족이었다고. 그러니까 제발 날 그냥 내버려두고 가요.

　　민아는 얼마 안 가 회사를 그만뒀지만 D시에 계속 머물렀
다. 공장 앞에서 죽은 남자 친구의 사고 원인을 밝혀내고 책
임자를 엄벌하라는 시위를 했다. 그 후로도 고모와 고모부는
여러 번 민아를 찾아갔다. 이제 민아는 완력으로 제압해 집으
로 데려갈 수 있는 여중생이 아니었다. 우리가 그 남자를 반
대한 건 다 이유가 있어서라고, 우리 말을 들었더라면 이런
일을 겪지 않았을 거라고 다그치는 부모를 민아는 노려봤다.
민아는 남자 친구의 유족들이 쉽게 합의를 해버려서 자신은
싸워 볼 수도 없게 됐다고, 이럴 줄 알았으면 혼인 신고를 했
을 거라고, 이렇게 가슴이 아픈데 그 사람과 결국은 아무 사
이가 아닌 상황이 더 견딜 수가 없다며 엉엉 울었다.

　　민아는 아직도 그 남자를 사랑할까. 내가 가진 전부를 잃었
다며 어떻게 살아야 할지 모르겠다고 흐느끼던 민아의 모습
이 지금도 잊히지 않는다. 네가 왜 가진 게 없느냐고, 엄마 아
빠도 있고 나보다 훨씬 가진 게 많으니 얼마든지 새로 시작할
수 있다는 내 앞에서 민아는 그런 건 아무것도 의미가 없다며
고개를 세차게 흔들었다.

교회 사람들, 그 사람들이 민아 주변에 얼쩡거리기 시작한 것도 그때부터였다. 민아가 혹시나 잘못되지는 않을까 하는 걱정에 나와 고모는 번갈아 가며 집으로 찾아갔다. 쓰레기 더미가 쌓인 채 엉망진창이 된 집을 대신 치우고 냉장고에 음식을 채워 주는 게 일이었다. 어느 날부터인가 집 안이 정돈되어 있고, 이상한 냄새도 나지 않았다. 시위 대신 교회를 나가기 시작했다고, 심방을 오는 교인들에게 부끄럽지 않은 수준으로는 집 청소를 하고 지내야겠다고 하는 민아를 보며 안도감을 느꼈다.

민아는 아버지의 장례식장에도 교회 사람들을 다섯 명이나 데리고 왔다. 고모부는 정년퇴직을 사흘 앞둔 날 회식을 하고 집에 오는 길에 교통사고를 당했다. 어두운 밤, 신호등이 고장 난 대로를 건너다 과속으로 달려오는 차량에 치였다. 고모부가 예기치 못한 사고로 세상을 떠난 것도 황망한데 낯선 사람들까지 들이닥쳐 장례식장에 진을 치고 있는 바람에 삼일장을 치르는 내내 정신이 없었다. 민아는 상중에도 교회 사람들과 한시도 떨어지지 않았다. 그들은 기도를 해준다는 명목으로 빈소 앞에서 조문을 받는 민아를 지키고 서 있었고, 밥을 먹을 때도, 잠을 잘 때도 민아와 한 몸처럼 같이 행동했다. 그들은 화장실조차 혼자 가는 법이 없었다. 두 명씩 세 명씩 조를 짜서 화장실에 가는 모습을 보며 뭔가 단단히 잘못됐다는 생각이 들었지만, 민아에게 따로 말을 붙여 볼 시간이 나지 않았다. 고모는 손님들을 챙기느라 정신이 없었다. 고모부의 친척, 직장 동료, 친구 들이 몰려와 고모를 위로하기를 자처했기에 그들을 혼자 상대하느라 바빴다. 고모는 이따금 누군가와 이야기를 나누다가 인사드려야 한다며 민아를 부르기도 했는데 그럴 때마다 민아가 교회 사람들과 기도하고 있거나 예배를 본다는 핑계로 나타나지 않아 여러 번 인상을 썼다.

고모의 화가 폭발한 것은 장례 이틀째 마지막 밤이었다. 다음 날 새벽에 발인제를 지내야 하니 조금이라도 눈을 붙이라고 하자 민아는 제사를 지내는 건 안 될 일이라고 새벽에 목사님이 오시기로 했으니 교회 식으로 예배를 봐야 한다고 주장했다. 고모는 눈을 부릅뜨며 네가 교회를 다니든 말든 자유지만, 평생 교회 문지방도 넘어 본 적 없는 아버지 마지막 가는 길에 제사상도 못 차리게 하는 건 말도 안 되는 일이라며 불같이 화를 냈다. 민아도 쉽게 물러서는 법이 없었다. 발인 예배를 드리지 않을 거라면 자신은 여기에 남아 있을 이유가 없다고, 평생 죄를 많이 짓고 산 아버지가 죄 사함을 받을 마지막 기회를 놓치는 거라는 악담까지 늘어놓자 고모도 참지 못하고 막말을 쏘아 댔다.

　—아부지 발인을 안 보고 올라가겠다는 말이가. 니가 그러고도 사람이가? 너거 아부지 불쌍하지도 않나?

　—이보다 더 억울하고, 억장 무너지는 죽음도 많아요. 아빠 정도면 호상이죠.

　—자식이 돼 갖고 그기 니가 할 소리가?

　민아는 담담한 말투로 죽음은 비극이 아니며 영원한 휴식과 자유를 의미한다고 대꾸했다. 표정과 눈빛이 지나치게 평온해서, 오히려 허황된 것처럼 보였다.

　—정신 빠진 년, 가든지 말든지 니 마음대로 해라. 내도 니 같은 딸 없는 셈 치고 살믄 된다.

　새벽녘 빈소를 정리하고 잠깐 쪽방에 들어가 눈을 붙이고 나왔을 때 민아는 사라지고 없었다. 조위금을 모아 둔 가방도 감쪽같이 사라졌다. 고모는 기가 차서 눈물도 나오지 않는다고 말했다.

　장례가 끝난 후 D시로 찾아갔을 때 민아는 살던 집을 정리하고 어디론가 떠나고 없었다. 집주인의 말로는 강원도 어딘가에 있는 기도원으로 들어가 지낼 거라며 옷가지만 챙겨 나가고 가구며 살림살이는 모두 알아서 처분해 달라고 해서 그 비용은 보증금에서 제하고 돌려줬다고 했다.

공원 초입을 들어서자 고모는 가방에서 모자를 꺼내 썼다. 고모와 나란히 산책로를 천천히 걸었다. 장미 터널을 지나 〈자연숲 황톳길〉이라고 적힌 나무 팻말 앞에 다다르자, 고모는 여기에서부터는 신발을 벗어야 한다고 말했다. 고모가 시키는 대로 신발장에 신발과 소지품을 넣고 맨발로 천천히 황톳길을 걷기 시작했다. 인상을 찌푸리며 조심스럽게 걷는 나를 보며 고모는 그냥 마음 편하게 걸어도 된다며 앞서 나갔다.

보드라운 황토로 조성된 길이라 맨발로 걸어도 아프지 않다던 고모의 말은 절반만 맞았다. 황토 입자는 고와도 그 위로 굴러다니는 모래 알갱이가 발에 닿으면 따끔따끔 발이 아팠다.

─그기 지압이 되느라 그런 기다. 발 아프다고 까치발 들지 말고 뒤꿈치부터 발바닥 전체가 땅에 닿아야 제대로 걷는 기다. 항암제나 비싼 영양제보다 맨발 걷기가 보약인기라. 암 수술하고 내가 안 죽고 살아 있는 것도 이 맨발 걷기 덕이다.

─아, 네.

나는 건성으로 대답했다. 입안이 썼다. 맨발 걷기 덕에 살았다니, 고모의 암 투병 내내 고모 곁을 지킨 사람은 나였다. 그런 내게 고모는 한 번도 고맙다는 말을 한 적이 없었다. 수고했다, 네가 고생이 많다. 그것이 고모가 내게 한 인사치레의 전부였다. 내게 미안한 상황이 되면 미안하다는 말 대신 대뜸 민아 욕을 했다. 쓸개 빠진 년, 나쁜 년, 모진 년, 벼락 맞아 죽을 년, 그러다가 민아가 진짜 어디서 잘못된 건 아닌지 죽은 건 아닌지 걱정하며 울먹였다. 그럴 때마다 나는 민아가 혹시라도 잘못됐다면 직계 가족에게 연락이 왔을 거라며, 무소식이 희소식일 거라며 고모를 위로했다.

장례식장을 마지막으로 민아가 집에 발길을 끊은 지도 10년이 넘었다. 민아에게 연락이 왔다니, 반가운 마음과 불길한 생각이 동시에 몰려와 심장이 두근거렸다. 고모를 뒤따라가며 물었다.

—민아 얘기 좀 해주세요. 소식이 뭐예요? 민아가 전화했어요?

—그래, 전화 왔드라.

—뭐래요? 어떻게 지낸대요?

—앞에 잔가지 있다. 조심해라.

앞서 걷던 고모가 잔가지를 발끝으로 걷어 내며 말했다. 대답 대신 딴청을 부리는 고모에게 가까이 다가가 목소리를 높였다.

　—민아, 어디서 뭐 하냐고요?

　—살아 있단다.

　—그게 다예요?

　고모는 조금 망설이다가 입을 뗐다.

　—지가 사고를 쳤다꼬 좀 도와 돌라 카대. 교회에 기물을 파손해가…… 물어 줘야 한다고. 돈 쫌 해줄 수 있느냐고 묻더라.

　—무슨 기물?

　—앰프랑 오디오를 잘못 건드리가 고장 냈다고.

　—네? 진짜 민아 맞아요? 전화번호가 어떻게 돼요? 핸드폰 번호 알려 줘요. 카톡에 띄워 보면 프로필 나오잖아요.

　—010 아니고 070으로 되는 번호더라. 교회 번호라꼬, 몰래 전화한다 카대.

　—혹시 돈 해주셨어요?

　—그라믄, 오죽 급하면 내한테 전화했겠나 싶드라. 그래도 지가 제일 궁지에 몰리니까 엄마가 생각나는 갑대.

　—민아가 아닐 수도 있잖아요. 보이스 피싱일 수도 있어요. 고모, 얼마 보내셨어요?

　고모는 말없이 몇 걸음 더 걷다가 체념한 듯한 목소리로 말했다.

　─2천만 원.

　나는 걸음을 멈추고 소리쳤다.

　─네? 2천만 원요? 그 큰돈을 전화 한 통에 덜컥 보냈다
고요?

　고모는 말없이 걷기만 했다. 답답한 마음에 고모 앞을 막아
서고 물었다. 그러자 고모는 걸음을 멈추고 주머니에서 손수
건을 꺼내 땀을 닦았다.

　─고모, 그거 보이스 피싱이에요. 누가 고모 사정 알고 사
기 친 거라고요. 돈 보낸 게 언제예요? 경찰에 신고하러 가요.

　─경찰서 가믄 다 너거 고모부 아는 사람들인데, 거가 어
디라고 가노.

　─그동안 연락 없던 애가 10년 만에 갑자기 전화 와서 2천
만 원을 보내 달라는데 그걸 어떻게 믿고 돈을 보내요? 진짜
민아인지 확인은 하셨어요? 통장 예금주는 누구였어요? 민
아 이름 통장이던가요?

　─민아 이름 아이다. 교회 담당자 통장으로 보내야 된다
캐가. 글로 보냈다. 내가 니 집에 와서 얼굴 보여 주야 돈 주다
카이까 안 물어 주면 여기서 못 나간다고, 돈 보내 주면 이번
주 내로 집에 온다 카대. 다음 주면 추석이다 아이가.

—고모, 그 말을 믿었다고요? 왜 이렇게 사리 분별이 안 되세요?

화가 치밀어 올랐다. 내가 길길이 날뛰는 데도 고모의 목소리는 담담했다.

—민아 맞다. 내가 내 딸 목소리도 모를까 봐.

—민아가 맞다 해도 그렇게 큰돈을 쉽게 보내 주면 어떡해요? 실수로 무슨 기물을 파손했는지는 몰라도 그걸 민아가 물어내는 게 말이 되나요? 그걸 못 물어내면 나오지도 못한다는 건 더 이상한 거죠.

—됐다, 마. 내가 민아 앞으로 생각해 놓은 돈이 좀 있다. 그거 중에서 떼 준기다. 민아는 대학도 안 갔다 아이가. 2천만 원이면 대학 등록금이다 생각하고 속 씨원하게 보내 줬다.

대학 등록금 얘기에 나는 조금 풀이 죽었다. 대학 시절 내내 생활고로 힘들긴 했지만, 고모가 도와주지 않았더라면 대학 공부를 마치지 못했을 것이다.

—그게 어떻게 등록금이랑 같아요.

—내 그 돈 없다고 안 죽는다. 없는 셈 치고 줬뺐다.

고모는 자신을 막아선 나를 비켜 지나갔다. 야트막한 오르막길이 이어졌다. 고모는 경사로를 별로 힘들이지 않고 성큼성큼 걸어 올라갔다. 크게 심호흡을 하고 허벅지에 힘을 준

채 고모를 따라 올라갔다.

　—그럼 저는 왜 부른 거에요? 민아 오기 전에 집 청소하고 마당에 풀 뽑으라고요?

　—그거는 그냥 하는 말이고, 선화 니도 민아 봐야지.

　고모는 혼자 민아를 기다리기 싫은 거였다. 초조하고 안절부절못하며 민아를 기다리다가, 답답한 마음에 내게 전화를 한 속이 뻔히 보였다. 나는 고모를 잘 알았다. 우린 닮았으니까. 고모는 세상에서 내가 가장 많이 닮은 여자였다.

　—민아 안 오면 어쩔 건데요?

　—온다 했다. 이번 주 내로.

　—이번 주말까지 안 오면 그땐 신고하시겠어요?

　—그건 그때 가서 얘기하자. 생기지도 않은 일 미리 걱정하는 거 아이다. 너거 고모부 일 겪으면서 내가 그거 하나는 확실히 알았다 아이가.

　—고모부가 왜요?

　—그 인간 곧 퇴직하믄 집에서 삼식이 될 낀데, 우짜지. 하루 종일 집에서 얼매나 내를 괴롭히고 성가시게 하겠노, 걱정했는데 다 쓸데없는 걱정이었다. 그래 가버릴 줄 누가 알았겠노. 민아도 이제사 말이지만 그놈아랑 결혼 반대하지 말 거를 그랬다. 공장 다니는 남자, 열 살이나 많은 놈 만나 고생하고

살기 눈에 훤해서 기를 쓰고 반대했는데, 살지도 못하고 그렇게 사달이 나고……

— 그만하세요, 고모 탓 아니에요.

— 이래 될 줄 알았으믄 안 그랬을 낀데. 그랬으믄 갸가 이상한 데로 안 빠졌을기도 모르는데.

오르막길 다음에는 완만한 내리막길이 이어졌다. 내리막을 딛는 동안 발바닥과 종아리에 힘이 잔뜩 들어갔다. 발바닥이 쓰라렸다. 그보다 더 쓰라린 건 마음인지도 몰랐다. 시골 노인네의 약점을 이용해 누군가 사기를 친 게 분명했다. 고모는 그걸 사기라고 생각하고 싶지 않은 듯했다. 그저 민아가 어딘가에서 별탈 없이 지내고 있다는 전화 한 통을 받은 것만으로도 그나마 안심이 됐다는 고모에게 나는 걔는 아주 잘 지내고 있으니 그냥 건강이나 잘 챙기시고 고모 인생 사시라고 애원하는 어조로 말했다. 고모가 보이스 피싱을 당한 상황에 분통이 터지면서도 그 전화가 진짜 민아가 걸어온 거라면 이런 연락이 한 번으로 끝날 것 같지 않다는 생각이 들었다. 걱정 말라고 잘 지내고 있다고, 자신만만하게 굴었던 민아가 실은 잘 지내고 있지 못한 거라면 어떻게 해야 하는 건지 아득해졌다.

— 일단, 기다리 보자. 그거밖에 방법이 없다 아이가. 매일

걷는 거랑 기다리는 거. 그기 지금 내가 할 수 있는 전부다.

이제부터는 평지였다. 평지 길에서는 스프링클러가 양쪽에서 물을 뿜어내며 황토를 촉촉하게 적셨다. 흙에 물기가 많은 질퍽한 구간이었다. 미끄러운 진흙에 발이 푹푹 빠졌다. 나는 진창에 발이 빠진 채로 말없이 저벅저벅 걸었다.

—이제 저기 끝까지 가면 한 바퀴 다 돈 기다. 저기 팻말 보이제.

고모는 손가락으로 황톳길 끝나는 지점을 가리켰다. 출발할 때 소지품을 넣었던 신발장이 보였다. 맨발 걷기의 효능에 대해 설명하며 속는 셈 치고 여기에 있는 며칠 만이라도 매일 공원에 나와 걸어 보면 너도 그 맛에 푹 빠지게 될 거라는 고모의 말에 나는 대답 없이 한 발 더 내디뎠다. 키워 준 셈을 치르듯, 고모에게 신세를 갚아야 한다는 마음으로 고모 곁을 지킨 적도 있었다. 하지만 이제는 아니었다. 그러는 편이 마음이 편해서, 모른 척하는 일이 더 아프게 느껴져서 자처한 일이었다. 그런 마음으로 한 바퀴를 돌아 출발 지점으로 돌아왔다. 나는 흙 범벅이 된 발을 내려다봤다.

여기에서 흙먼지를 털어 주세요.

앞서 도착한 고모가 안내문이 적힌 표지판 옆에 서서 에어건을 손에 든 채 나를 불렀다.

후보(後步)

성해나

연희동 골목에 있는 근성의 철물점은 38년간 운영되고 있다. 철물점은 오전 9시에 문을 열어 오후 8시에 닫았고, 일요일은 격주로 쉬었다.

오늘도 근성은 8시 반에 나와 철물점 앞 골목을 깨끗이 쓴다. 아침 녘인데 드릴 소리가 들린다. 공원 맞은편 헌책방이 폐업한 지 넉 달이 지나고 있었다. 책방 주인이었던 양하는 그곳을 정리하며 근성에게 책 두 묶음을 선물로 주었다.

삼촌이 좋아할 것 같은 책들로만 골랐어요.

근성은 아직 그 책들을 한 권도 읽지 못했고, 헌책방은 지난달부터 카페로 리모델링되고 있다. 오랜 기간 한자리에 붙박여 있다 보니 이 동네가 어떻게 변했고, 변하고 있는지 근성은 또렷이 느낄 수 있다. 비질을 마치고 근성은 철물점 셔터를 연다.

오전에 들러 건자재와 와셔를 찾은 단골, 세면대 수전을 사
간 젊은 여자를 빼면 오늘도 손님이 뜸하다. 요즘 사람들은
인터넷으로 공구를 주문하고 자잘한 부품은 저가 잡화점에
서 구매한다는 사실을 근성도 알고 있다. 한때는 출장도 겸했
지만 근처에 원룸촌이 들어선 후론 수리를 맡기는 이들도 거
의 없다. 오전에 수전을 사 간 여자도 근성에게 출장비를 묻
더니 괜찮다며 고개를 저었다.

2만 원인데 비싼가? 깎아 드려?

아녜요. 유튜브 보고 따라 하면 될 것 같아서요.

요즘 사람들은 자기 공간에 낯선 이를 들이길 꺼리고, 마음
의 빗장을 쉽게 닫는 것 같다고 근성은 생각했다.

한산한 틈을 타 근성은 양하가 준 책들을 들추어 본다. 손
에 집힌 한 권은 찰스 밍거스 평전이고 다른 한 권은 마일스
데이비스의 자서전이다. 돋보기를 쓰고 마일스 데이비스 자
서전을 조금 넘겨 보다 포기한다. 활자가 흐릿하고 곧 눈물이
차오른다. 쉰부터 시작된 노안은 예순이 넘자 더 심해졌다.

읽는 건 힘겨웠으나 듣는 건 여전히 좋았다. 근성은 마일스
데이비스의 「Round about Midnight」를 재생한다. 진공관 앰

프 한쪽에서 자글자글한 노이즈가 들린다. 콘덴서도 체크하고 부품도 고쳐 가며 30년을 쓴 오디오라 이제 보내 줄 때도 되었지만, 근성은 그것을 쉽게 버리지 못했다. 오래된 물건을 어떻게든 고쳐 쓰는 관습 때문이기도 했지만 근성의 귀에는 고음질보다 저음질이 훨씬 편안했다. 선명함 속에선 받아들일 정보가 많고 그만큼 쉽게 피로해지곤 했다. 뭉개지고 흐리고 자글자글한 세계를 근성은 늘 더 선호했다. 지금의 고민을 잊을 수 있는 희미하지만 부드러운 세계를.

가게에서 재즈를 듣는 것도 참 오랜만이었다. 간혹 단골 중에는

형님, 너무 늘어지지 않아요? 트로트를 틀어야 손님도 몰릴 텐데.

걱정하는 이도 있었고, 이런 음악도 듣냐며 희한해하는 이도 있었다. 그런 말을 들을 때마다 근성은 슬며시 재즈를 끄고 트로트나 활기찬 분위기의 라디오 방송으로 주파수를 돌렸다. 자신의 취향은 전혀 아니었지만.

CD 한 면을 다 듣는 동안에도 손님은 오지 않는다. 오후 8시까지 문을 여는 게 철칙이나 2주 전부터 근성은 종종 조금 일찍 가게를 닫았다. 더 앉아 있기도 무료했고, 저녁때가 지나면 괜히 울적해지기도 했다. 아직 6시지만 오늘도 일찍

감치 파해야겠다 여기며 근성은 나갈 채비를 한다.

밤이 되니 라일락 향이 오전보다 짙다. 달콤한 향을 맡으며 철물점 셔터를 내리고 집으로 향한다. 공원을 지나고, 벽이 초목으로 덮인 녹화 주택을 지나고, 자주 들르는 정형외과를 지난다. 외과 앞에서 근성은 문득 의사의 조언을 떠올린다. 퇴행성 관절염을 앓는 그에게 의사는 산책을 권했다. 출퇴근만 편도로 30분이라 산책은 충분하다고 하니 의사는 다른 방법을 강구해 주었다.

그럼 뒤로 걸어 보세요. 관절에 무리가 덜 가요.

연골이 닳을 대로 닳아 더 심해지면 인공 관절을 심어야 할 수도 있었다. 근래에는 통증으로 무릎이 붓고 연일 밤잠을 설치기도 했다. 미덥지는 않았으나 근성은 의사의 말마따나 뒤로 걸어 본다. 행여 넘어질까 두려워 곁눈질을 해가며 조심스럽게 한 발을 뗀다. 첫발을 떼니 다음 걸음부터는 조금 수월해진다.

물푸레나무도, 포터블 라디오를 튼 채 자전거 타는 사람도, 보랏빛이었다가 검게 물드는 하늘도 모두 뒤로 흘러간다. 누가 자신의 꼴을 추태로 보지 않을까 걱정되지만 아무도 근성을 염두에 두지 않는다. 오히려 잘 되었다고 안도하는 동시에

서글퍼진다.

늙었구나.

추태도, 기행도 늙음 앞에선 무색해진다. 노인들이 원래 그렇지, 저렇게 늙지 말아야지. 보고도 아니 본 듯 지나치고 말뿐이다. 젊을 적 자신도 그랬던 것 같다고 근성은 생각한다.

재개발이 예정된 빌라들도, 성당도, 젊은 부부가 운영하던 나무 공방도 뒤로 흘러간다. 젊은 부부는 얼마 전 철물점에 걸쇠와 노브를 사러 와 이제 온라인으로 사업을 전환할 것 같다고 전했다.

손님이 많이 줄었어요. 작년부터 적자인 달이 늘었고요. 그래서 말인데요, 사장님. 저희…… 남는 자재 좀 여기다 팔 수 있을까요?

근성은 쓸쓸하게 웃어 보이던 그들의 얼굴을 떠올린다. 뭐든 순식간에 뒤바뀌고 옛 흔적을 잃어 간다. 조만간 자신의 철물점이 이 동네에서 가장 오래되고, 어울리지 않는 것이 될 수 있겠다고 근성은 생각한다. 다들 앞서 걷는데 홀로 퇴보하고 있다는 생각도 든다.

그렇게 뒤로, 뒤로 걷다 근성은 한 건물 앞에 멈춰 선다. 〈클럽 상수시〉라는 간판이 붙은 2층 건물. 한때 근성의 밤을 환히 비추어 주었던 그곳엔 이제 〈임대〉 표시가 붙어 있다.

한참 그 자리에 서 있다 근성은 슬며시 지하 계단을 내려다본다. 귀를 기울이면 저 아래서 사람들의 웃음소리와 환호성, 그리고 근성이 가장 좋아하던 재즈곡이 들릴 것 같다. 어물대다 근성은 아래로 내려가 본다. 안드레아, 하고 다정히 자신을 부르던 세실의 목소리가 들릴 때까지.

*

안드레아, 안드레아야.

세실은 늘 근성을 안드레아라고 불렀다. 상수시를 정리할 때까지 그렇게 불러 주었다. 안드레아, 하고.

상수시는 2022년 6월에 문을 닫았다. 쫓겨나듯 느닷없이 계약 종료 통보를 받았고, 안드레아에게 그것은 못내 불쾌했지만 세실은 너그러이 건물주를 옹호했다.

그 사람도 많이 기다려 줬잖니. 난 괜찮아.

이사 전날에 안드레아는 세실의 부탁으로 상수시의 철거를 도왔다. 칵테일용 리큐어, 위스키, 버번, 와인이 정렬된 선반을 걷어 내자 곰팡이 슨 벽이 드러났고, 출입문을 비롯한 화장실과 창고 문의 경첩은 전부 헐거워져 있었다. 지하에 위치한 터라 상수시엔 장마철마다 물이 들이찼고 침수될 때도 있었다. 세실이 집을 팔고 이런 곳에서 지난 3년간 지냈다는 사실에 안드레아의 마음은 묵직해졌다. 이 상태 그대로 나가도 그만일 텐데 손상된 부분을 말끔하게 수리하고 가겠다는 세실이 미련해 보이기도 했다.

누님, 나 못하겠네요. 뭐가 예쁘다고 생돈 써가면서 남의 가게를 고쳐 줘요.

세실은 대답 대신 실리콘 위에 제거제를 뿌리며 열심히 곰팡이를 닦아 냈다. 벽 한 면이 어느 정도 말끔해지자 세실이 답을 주었다.

얘, 사람이 난 자리는 항상 깨끗해야 돼. 그래야 든 사람도 기분 좋게 시작할 수 있잖아. 얼른 정리하자.

안드레아는 벽면의 크랙을 퍼티로 메우고, 헐거워진 경첩을 단단히 조였다. 내키지 않았지만 세실을 생각해 물막이판도 갈아 두었다. 볕이 환히 들어야 할 정오인데도 실내가 칠흑같이 어두웠다. 세실은 펜던트 조명을 켠 뒤 안드레아에게 물었다.

우리 음악 들을까?

그렇게 물어 놓고 세실은 민망한 듯 웃었다. 이미 음반과 턴테이블을 전부 처분한 뒤였다. 세실이 평생 모은 음반은 안드레아가 아는 중고상에게 처분했다. 친분 있는 사람이라 제

값을 쳐줄 거라 기대했지만, 중고상이 제시한 가격은 헛웃음도 안 나올 정도로 헐했다.

형님, 이러기예요? 좀 더 쳐줘요.

사정하는 안드레아 옆에서 세실은 애써 평정심을 유지했지만, 음반이 트럭에 실리고 턴테이블까지 옮겨지자 속절없이 눈물을 쏟았다. 누군지 모를 대상에게 화를 터트리기도 했다. 세실의 감정이 가라앉을 때까지 안드레아는 곁을 지켰다. 안드레아가 할 수 있는 건 공허한 위로밖에 없었다. 한 시절을 처분하고 받은 돈으로 세실은 밀린 월세를 내고, 연주자들의 월급을 주고, 마지막으로 요양 시설 입주금을 지불했다.

LP장도, 턴테이블도 사라진 허전한 벽을 보며 세실은 중얼거렸다.

내 정신 좀 봐. 얘, 내가 요즘 이래. 자꾸 깜박깜박한다.

세실은 잠시 생각에 잠겨 있다 고무장갑을 벗고 피아노 앞에 앉았다. 다른 건 다 처분했지만 그랜드 피아노만은 남아 있었다. 엘리베이터 없는 건물의 2층에서 1층으로, 종국엔 지하로 내려오는 동안에도 그 피아노는 세실과 함께였다. 현이 느슨해진다며 세실은 여름휴가를 갈 때도 에어컨을 켜두었고, 연주를 마치면 늘 부드러운 천으로 건반을 꼼꼼히 닦았다. 세실이 남긴 유일한 유품도 그 피아노였다.

피아노 앞에서 세실은 가볍게 손을 풀고 선율에 맞추어 스 캣을 했다. 중저음의 목소리가 가게 안에 잔잔히 퍼졌다. 손 님을 한 명 두고 연주한 적이 숱한데 오늘은 왜 이리 떨리는 지 모르겠다며 세실은 너스레를 떨었다.

마지막 공연을 우리 안드레아 앞에서 할 줄은 몰랐네.

세실의 우울한 농담에 안드레아는 짐짓 담담한 척 웃어 보 였다. 듣고 싶은 노래가 있냐고 세실이 물었고, 안드레아는 고민 없이 답했다.

「I'm Old Fashioned」요.

안드레아가 가장 좋아하는 곡이었다. 세실은 페달을 밟으 며 천천히 건반을 쳤다.

난 오래된 것들을 사랑해. 달빛을 사랑하고 창문에 떨어지 는 빗소리와 4월의 반짝이는 별들을 사랑하지.

안드레아는 상수시에 처음 방문했던 30년 전을 떠올렸다. 그때는 색소폰을 불던 에녹과 기타를 치던 버디, 더블 베이스 를 연주하던 모리수도 함께였지만, 그들은 모두 떠났다. 세실 의 목소리도 그때와 달리 많이 가라앉고, 쓸쓸해진 것 같다고 안드레아는 생각했다.

짧은 연주를 마치고 퍼티가 굳길 기다리며 세실은 안드레 아에게 봉투를 건넸다.

그동안 고마웠어.

안드레아는 가만 서서 봉투를 바라보다 화장실로 들어갔다. 봉투 안에는 6만 5천 원이 들어 있었다. 안드레아는 세실의 형편을 잘 알고 있었다. 밀려드는 슬픔을 추스르며 안드레아는 물을 틀어 둔 채 한참 서 있었고, 세면대에 물이 가득 차자 자신이 가지고 있던 현금을 꺼내어 모조리 봉투에 넣었다.

어느 정도 정리를 마치고 집에 가기 전, 안드레아는 봉투를 세실에게 돌려주었다. 그녀의 자존심을 건드리고 싶지 않아 공연히 한마디 보태기도 했다.

연주비예요, 누님. 다음에 또 들려줘요.

세실의 얼굴에서 미소가 사라졌다. 그녀는 입술을 깨물며 침묵하다 안드레아의 손에 봉투를 쥐여 주었다.

애, 나 너랑은 좋은 기억만 남기고 싶어. 쓸쓸한 거 말고. 그러니까 이건 네가 가져가.

괜찮다고 연신 사양하는 안드레아를 향해 세실은 단호히 선을 그었다.

다른 건 몰라도 낭만에는 때 묻히고 싶지 않아. 그러니 그만해.

돈 봉투를 쥐고 돌아오는 길, 안드레아는 부끄러움에 얼굴을 붉혔고, 죄스러움에 그곳을 빠르게 벗어났다.

*

　근성은 뒤로 걷는다. 저 멀리 세실이 자신을 물끄러미 보고 있지 않을까 바로 걷지 못한 채 뒷걸음질만 친다. 만남과 작별이 뒤섞인 밤을 뚜벅뚜벅 걷던 근성의 곁에 노아가 지나간다. 밤빛과 닮은 칵테일을 만들어 주던 노아가.

　상수시의 바텐더였던 노아는 흐트러짐이 없는 편이었다. 브라운 계열의 깔끔한 양복을 입었고, 칵테일 한 잔을 만든 뒤에는 사용한 도구를 바로 정리하고 다음 손님을 맞이할 준비를 했다. 주문이 복잡해도 손님이 드라이한 맛을 원했는지, 단맛을 요구했는지 놓치지 않았다. 필요한 말만 했지만 간혹 적절한 유머로 손님들에게 웃음을 안길 때도 있었다.
　노아와 안드레아 사이에도 불필요한 말은 흐르지 않았다. 안드레아가 상수시 문을 열면 노아는 가볍게 목례를 하고 안드레아가 즐겨 마시는 칵테일을 만들기 시작했다.
　글라스에 샴페인 반, 유백색 압생트 한 샷을 따른 뒤 바텐딩을 끝내면 헤밍웨이가 즐겨 마셨다는 〈밤의 죽음〉이 완성되지만, 노아는 밤을 영원한 이별로 닫지 않았다. 〈밤의 죽음〉에 라임과 블루 퀴라소를 섞어 노아는 빠르게 셰이킹했다. 잘 섞인 술을 다시 잔에 따르고 크림을 한 스푼 얹으면 짙푸른 밤하늘처럼 반짝이는 〈Stardust〉가 완성되었다. 〈Stardust〉는 노아가 붙인 이름이었는데 그런 식으로 스탠더드 재즈의 곡명을 따 만든 칵테일이 몇 개 더 있었다. 〈뉴욕의 가을〉이나 〈이파네마 소녀〉 같은.

2013년 10월. 마지막 출근 날에도 노아는 안드레아를 위해 〈Stardust〉를 만들어 주었고 차분히 손님을 응대했다. 손님이라곤 안드레아와 그날 공연했던 연주자 몇 명밖에 없었지만.

도수 낮은 술 한 잔만 마셔도 얼굴이 붉어지던 노아였으나 그날은 술자리에 합석해 술을 홀짝였다. 술자리가 무르익자 세실은 노아를 처음 만난 날을 회고했다.

바텐더가 술 한 잔도 못한다고 해서 채용할까 말까 밤새 고민했어.

그래서 근속한 거죠. 술을 잘 마셨으면 만드는 술보다 축내는 술이 더 많았을 텐데요.

얘가 중간에 그만뒀다가 다시 돌아온 건 쏙 빼네. 그래도 근속으로 쳐야 되나?

그때도 마음은 여기 두고 갔어요. 그럼 근속 맞죠?

노아의 신소리에 송별회 분위기가 한층 온화해졌다. 재정 악화로 인한 피치 못할 해고였고 서운할 법했지만 노아는

25년을 그랬듯 흐트러짐 없이 자리를 지켰고 묵묵히 웃음을 유지했다.

그 무렵 상수시는 1층에서 지하로 이전했다. 퇴폐업소가 운영되던 자리라 목도 좋지 않고 창이 없어 진하게 밴 담배 냄새를 빼느라 꽤 고생했지만, 월세가 배는 저렴하고 단골이 찾아오는 데 무리가 없던 터라 세실은 내심 안도했다. 안드레아도 상수시가 멀리 이사하지 않고 동네에 남아 있다는 걸 다행으로 여겼다. 내색하지는 않았지만.

밤이 깊어지자 가장 먼저 취한 에녹이 색소폰을 불기 시작했고, 버디와 모리수도 즉흥 연주에 동참했다. 세 사람은 오랜 시간 상수시에서 합을 맞춘 연주자들이었다. 누구는 정박을, 누구는 엇박을 타다 가도 흐르다 보면 어느새 같은 리듬으로 어우러졌고, 음은 겹겹이 쌓여 풍성해졌다. 실수도 있었으나 소리의 공백도, 음의 어긋남도 전부 재즈라는 걸 모두 알고 있었다.

세실이 안드레아에게 눈짓을 보냈다.

쟤 데리고 가서 술 좀 깨고 와.

몽롱해진 노아가 바에 기대어 졸고 있었다. 안드레아는 노아를 데리고 지상으로 올라갔다. 피부를 스치는 바람은 기분 좋게 산뜻했고 은행잎이 발밑으로 하나둘 떨어졌다. 두 사람은 건물 앞 플라스틱 의자에 앉아 나란히 찬 공기를 쐬었다. 노아의 정신이 맑아진 뒤에는 앞으로의 계획에 관해 두런두런 이야기를 나누기도 했다.

고향으로 내려간다고 했지? 거기서 뭐 할지는 정했어?

노아는 신발코로 은행잎 쌓인 바닥에 둥근 원을 그리며 답을 했다.

제철소에 다시 들어가 보려고요.

힘들지 않겠어?

제가 땜질은 곧잘 해요. 밤낮도 바뀌고 좋죠.

주름지긴 했지만 노아의 손가락은 여전히 가늘고 곧았다. 물집과 굳은살이 잡힌 두둑한 손은 노아와 어울리지 않을 것 같았다. 근방의 다른 바에서 일하는 건 어떠냐고 물으려다 안드레아는 말을 삼켰다. 어디든 상황이 비슷했다. 근처 소극장도, 록카페도, 재즈 바도 전부 폐업하거나 잠정 휴업한 뒤였다. 노아가 넉 달간 월급을 받지 못하고 일했다는 걸 안드레아는 세실에게 들었지만, 그에 관해선 말을 아꼈다.

지하에서 피아노 소리가 희미하게 들려왔다. 호기 카마이클의 「Stardust」였다. 느린 템포의 피아노 연주에 맞춰 노아가 휘파람을 불었다. 그 밤을 영원한 이별로 닫고 싶지 않았지만 노아의 휘파람 연주가 멎자 안드레아는 어쩔 수 없이 끝을 예감하게 되었다. 영원히 이어지는 재즈는 없었으니까.

노아가 밤하늘을 올려다보며 중얼댔다.

많이 그리울 거예요.

*

셰이커를 흔드는 노아를 지나 근성은 다시 뒤로 걷는다. 먼데서 비밥이 들려온다.

비밥은 재즈 격변기에 태동했다. 컨트리나 록 & 롤에 재즈가 밀리던 시절, 재즈 아티스트들의 야심과 절박함이 모여 비밥이 탄생했다는 일화를 근성은 세실에게 들었다.

약박에서 강박으로, 밀리다가 당겨지고, 얽히고설키기를 반복하는 리듬. 불규칙한 비밥의 변주와 함께 진한 곰국 향이 퍼진다. 겨울의 온기와 닮은 그 냄새를 쫓아 근성은 뒤로, 뒤로 걷는다.

2005년은 격변의 해였다. 상수시를 선두로 골목에 하나둘 들어선 재즈 바가 그즈음 차례로 폐업하기 시작했다. 공실이 늘고 손님이 줄자 세실은 점심 장사를 시작했다. 메뉴는 떡국 하나뿐이었고, 잠도 없이 일하던 세실이 과로로 쓰러져 일 년도 안 되어 접을 수밖에 없었지만, 야심과 절박이 통한 건지 장사는 꽤 잘되었다.

점심 장사는 노아 없이 세실 혼자 했다.

누님, 괜찮겠어요? 떡국 그거 만만찮은데.

맛이나 보고 말해.

세실의 레시피는 단순했다. 사골을 뭉근한 불에 끓인 뒤 우러난 국물에 떡을 넣고 간만 해 식탁에 올렸다. 투박한 조리법이었으나 맛은 참 좋았고, 안드레아는 점심시간마다 상수시로 가 별식을 즐겼다. 그 일 년간 떡국을 물리도록 먹어 지금도 잘 찾지 않지만 그때는 날마다 새해를 맞는 기쁨으로, 사람들과 한데 복을 누리는 충만함으로 상수시에 들렀다.

점심 장사에도 재즈는 빠지지 않았다. 세실은 그날그날 어울리는 곡을 선별해 틀어 두었다. 사람들의 옷차림이 두꺼워질 즈음에는 프랭크 시나트라의 「It Had to Be You」를, 크리스마스 시즌에는 빈스 과랄디의 캐럴을 선곡했다.

눈이 소복이 내리던 1월 둘째 주 일요일이었다. 철물점도 쉬는 날이라 안드레아는 모처럼의 휴일을 상수시에서 보냈다. 디지 길레스피와 찰리 파커의 음반을 연달아 듣다 무료해져 가게 구석에 놓인 기타를 치다 보니 저녁 공연 게스트였던 버디와 모리수가 도착할 시간이 되었다. 안드레아를 보며 버디가 엄지를 세웠다.

이제 나만큼 치는데? 내 자리 넘보려는 건 아니지?

무슨…… 내가 그만한 실력이 되긴 하나.

마침 때가 맞아 안드레아는 그들과 낮술을 마셨다. 그 무렵 그들의 화두는 상수시의 색소포니스트였던 에녹이었다. 에녹은 연주비를 조금 더 높게 부른 다른 재즈 클럽과 전속 계약을 맺은 뒤, 반년째 상수시에 발을 끊고 있었다. 연주자가 클럽을 옮기는 건 예삿일이었지만 버디와 모리수는 상의도 없이 정든 공간과 동료를 저버린 에녹을 변절자로 여겼다. 에녹이 옮겨 간 클럽이 상수시를 그대로 카피한 공간이라는 것도 그들의 화를 돋웠다. 안드레아가 물었다.

연주비를 얼마나 주길래 그리로 옮긴 거야?

버디와 모리수가 눈치를 보다 답했다.

회당…… 5천 원인가.

터무니없는 금액이었다. 돈 생각하면 재즈 못한다고 모리수가 황급히 말을 보탰지만, 그들의 열없음은 감추어지지 않았다. 버디와 모리수를 보며 안드레아는 침묵을 지켰다. 꿈과 현실. 어느 한쪽에 가까워지면 다른 쪽은 멀어질 수밖에 없는 슬픈 난제를 자신보다 깊이 체감할 것은 그들이기에.

세실이 안주로 떡국을 내왔고, 세 사람은 약속이라도 한 것처럼 입을 닫았다.

애들아, 역 앞에서 할머니 한 분이 조선무를 파시더라. 무를 넣었더니 오늘은 국물이 시원하네. 어서 맛봐.

세실의 말처럼 국물이 달고 개운했다. 모리수와 버디가 국을 맛보며 한마디씩 했다.

언니, 식당으로 전향해도 되겠다.

그러게요. 누나, 이러다 금방 재벌 되겠어요.

그럼 소원이 없겠다.

헛헛한 속은 국물만으론 덥혀지지 않았지만 그들은 단지 시원하다고 중얼대며 국을 나누어 먹었다. 세 사람이 낮술을 즐기는 동안 세실은 눈 좀 붙여야겠다며 창고로 들어갔다. 그맘때 세실은 식탁에 엎드려서도 자고, 손님이 없을 땐 무대나 창고 한편에 담요를 깔고 웅크려 자기도 했다. 매일을 수마에 쫓기다가도 합주할 때면 그녀의 얼굴에서 잠기운이 사라졌다.

그날 밤에도 세실은 생기 있는 얼굴로 피아노 앞에 앉아 델로니어스 몽크의 곡을 연주했다. 세실은 그녀의 방식으로 몽크를 재해석하곤 했다. 댐퍼 페달을 세게 눌러 몽환적인 여음을 내거나 힘 있는 타건으로 감정을 강렬하게 드러내며.

피아노 솔로 뒤, 빈티지한 톤의 기타와 더블 베이스의 둔중

한 저음이 얹어지자 음색이 강해지고 템포도 한층 빨라졌다. 버디와 모리수, 세실. 세 사람이 그 밤 마지막으로 합주한 곡은 몽크의 「Round Midnight」였다. 색소폰이 빠져 다소 허전한 구석이 있었지만 그들은 서로의 음으로 공백을 메우며 합주를 이어 갔다.

음악의 제목처럼 자정은 가장 어두운 때인 동시에 내일과 가장 가까운 시간이란 것을 그들은 믿으면서도 의심했다. 희망에 차오르다가도 금세 절망에 잠기고 낮보다 밤이 길 때가 비일비재했으니까.

에녹은 그 후 석 달도 안 되어 상수시로 되돌아왔다. 에녹과 계약한 클럽은 수익 악화와 임대료 문제로 금세 문을 닫았다. 세실은 돌아온 에녹에게 어떤 것도 묻지 않고 떡국 한 그릇을 내주었다. 갓 끓인 따뜻한 떡국이었다.

그렇게 트리오는 다시 콰르텟이 되었다. 간혹 박자가 엇나가고 음이 튀긴 했지만, 그 역시 재즈였고 모이면 근사한 화음이 완성되었다.

저녁 8시가 되면 안드레아는 철물점 셔터를 내리고 상수시로 향했다. 공원에서 좌측으로 돌면 악기 조율하는 소리가 먼저 들려왔고 조금 더 걸으면 클럽의 은은한 조명등 빛이 시야에 들어왔다. 밤공기에 일렁이는 악기 소리와 희미한 빛을 따라 안드레아는 걸음을 재촉했다.

*

　조명등 불빛인지 달빛인지 모를 아득한 빛을 쫓아 근성은 뒤로 걷는다. 어둠 속에서 근성은 홀로 걷고 있다.

　나이 들며 혼자가 익숙해졌으나 젊은 시절의 근성은 고독에 놓이는 것을 두려워했다. 홀로 밥을 먹는 것도, 영화를 보거나 술을 마시는 것도 늘 어려웠다고 근성은 생각한다. 그것이 점차 편해지고 자연스러워지기 시작했던 건 언제였던가. 근성은 찬찬히 되짚어 본다.

　밤길을 걷다 보니 둔덕을 넘어가는 훈풍처럼 따스하고도 부드럽게 흩어지는 색소폰 소리가 들려온다. 일정한 리듬으로 마음에 흐르듯 스미는 소리가.

　색소폰을 부는 에녹은 언제나 기품 있었다. 고음부도 능숙히 연주했지만 그보다 낮은 음역에서 에녹의 조용한 힘과 깊이가 드러났다. 안드레아는 30년간 수많은 아티스트의 「Autumn Leaves」를 감상했지만, 그중에서도 에녹의 가을이 가장 처연하고 아릿하다고 확신했다. 존 콜트레인이나 아트

페퍼보다도.

에녹은 포르테에서 피아노시모로 음을 완만히 줄여 가는데 능했고, 첫 음과 끝 음을 연결할 때는 텅잉하며 두—매끄럽게 선율을 이었다. 색색의 단풍은 곡이 끝날 무렵엔 고엽이 되어 에녹의 색소폰 바깥으로 쓸쓸히 흩날렸다.

손님들은 세련된 셔츠 차림의 에녹을 「사랑을 그대 품안에」의 차인표와 견주곤 했는데, 그때마다 그는 연주할 때의 고아함과 어울리지 않는 속된 투로 대꾸했다.

어따 비벼요. 당연히 내가 낫지.

입방정 좀 떨지 말라고 세실은 에녹을 타박하곤 했지만, 세실이 에녹의 연주만큼이나 은근한 익살도 사랑한다는 걸 안드레아는 알고 있었다. 에녹이 연주를 할 때도, 다소 경망스러운 소리를 할 때도 세실의 눈엔 늘 애정이 어려 있었으니까.

애, 너 손님들 앞에서는 입 열지 마. 너 보러 온 사람들 다 도망가잖아.

세실의 말처럼 에녹을 보기 위해 상수시를 찾는 손님들이 종종 있었다. 에녹의 세련됨에 반해서인지, 차인표의 영향인지 알 수 없었지만.

1994년 「사랑을 그대 품안에」가 방영되며 한국에는 느닷없이 재즈 열풍이 불었다.

성수대교가 붕괴되고, 「모래시계」와 「첫사랑」 같은 드라마가 새로이 화제가 되고, 후년에 IMF까지 터지며 잠시 불었던 재즈 열풍은 사그라들었지만, 그래도 그 훈풍이 4년간 상수시를 덮혀 주었다.

상수시에 훈기가 감돌던 1996년 9월을 안드레아는 기억한다. 이 무렵 세실은 눈코 뜰 새 없이 바빴다. 평생 술병 닦으며 남 비위나 맞출 셈이냐는 부모의 호령에 노아가 고향으로 내려가며 세실은 2년간 노아의 빈자리를 채워야 했다.

세실의 바텐딩은 형편없었다. 셰이커 뚜껑을 제대로 닫지 않아 사방으로 칵테일이 튀고, 와인 오프너를 반대로 돌린 탓에 한참 애를 먹고, 칵테일에 올릴 민트를 찾겠다며 어리바리하게 주방과 바를 오가던 세실.

안드레아야. 네가 시킨 게 블루 하와이었니? 블루 라군이었니?

노아가 두고 간 레시피를 뒤적이며 허둥지둥하는 세실을 보고 있으면 안드레아는 자신까지 덩달아 가빠지는 것 같았다. 숨 가쁘긴 했지만 돌이켜 보면 사람으로 북적이고 희망이 약동하던 그 시절이 안드레아를 비롯한 모두에게 소중했다. 재즈의 황금기가 1940년대였다면 상수시의 황금기는 그때였다.

상수시를 오픈할 때부터 세실은 줄곧 자신의 이상을 밝혔다. 그녀가 이 건물의 2층을 고른 이유는 분명했다.

여길 둘러보는데 그림이 그려지더라. 바는 어디에 두고, 조명은 어떻게 설치할지. 무대가 최대한 넓었으면 했거든. 재즈하는 우리 벗들을 다 불러 모으고 싶어서.

단차가 없고 주홍빛 조명이 고르게 퍼지는 스테이지에서 연일 빅 밴드의 공연이 펼쳐졌다. 두터운 저음역을 받쳐 주는 트롬본 섹션과 강렬한 고음을 내는 트럼펫 섹션, 청아한 음색의 클라리넷, 드럼, 더블 베이스, 기타, 그리고 색소폰. 어림잡아 열 명도 넘는 연주자들이 한데 모여 하모니를 일구었다.

어느 자리에 앉아도 그들과 눈을 맞출 수 있었다. 1부에서 베니 굿맨의 「Sing Sing Sing」이나 글렌 밀러의 「In the Mood」 같은 리드미컬한 곡이 울려 퍼지면 상수시는 금세 댄스홀로 변했다. 일어나 춤추는 사람은 없었지만 각자의 자리에서 흥겹게 몸을 들썩이며 박자를 맞추고, Yeah! 혹은 All right! 따위의 짧은 추임새를 던졌다.

콜 & 리스폰스. 드럼의 솔로 파트에서 안드레아는 박수를 쳤고, 그것을 받아 관악기의 경쾌한 합주가 이어졌다. 재즈는 무대 위와 아래서 함께 빚는 축제인 것 같다고 생각하며 안드레아는 그 시간을 만끽했다.

느긋한 템포의 「Moonlight Serenade」로 2부가 열리면 분위기도 따라 차분해졌고, 손님들은 연주에 방해가 되지 않을 정도로 작게 속삭이며 잔을 부딪치고 가을밤의 낭만을 한껏 즐겼다. 음악의 환희에 젖은 연주자와 청중을 볼 때마다 안드레아의 마음엔 반짝이는 물비늘이 일었다. 그렇게 많은 연주자가 한 무대에 모일 수 있었던 건 그 몇 년뿐이었지만, 그때는 그러한 황홀경이 영영 이어질 것 같았다.

안드레아는 동종 업계에서 일하는 친구들과도 몇 번 상수시를 찾았다. 이상이 강했던 젊은 날이었다. 나의 취향을 타인도 분명 좋아할 거라 믿었던 삼십 대. 안드레아의 친구들은 호기심 어린 시선으로 상수시의 내부 장식을 살피고, 스테이지와 바짝 붙은 라운지를 둘러보았다.

이야, 분위기 있네.

나 차인표 같지 않냐?

친구들의 말에 안드레아는 웃음을 터트렸다. 그들은 칵테일의 도수나 맛을 물으며 신중히 메뉴를 골랐고, 바텐딩하는 세실을 가리키며 슬며시 묻기도 했다.

마담인가? 젊네.

마담이 뭐냐. 오너지. 저 누님이 재즈에 대해선 모르는 게 없어. 여기 인테리어도 누님이 한 거야.

그래? 벽은 직접 칠했나 보다. 딱 초짜 솜씨네.

뉴욕에 빌리지 뱅가드라는 클럽이 있는데 거기 벽이 초록색이거든. 누님이 거길 가보고…….

안드레아는 열에 들떠 친구들에게 재즈의 아름다움과 공간의 귀함을 두서없이 전했다. 가까운 이들에게 동질의 감정과 감각을 공유하는 기쁨도 잠시, 연주가 시작되자 그들의 표정은 묘해졌다. 안드레아가 스윙의 에너지와 화려함에 관해 설명해 주어도 그들은 별 감흥이 없었고, 드럼이나 색소폰 솔로가 절정에 달해도 집중하지 않은 채 ― 안드레아가 느끼기엔 ― 시답잖은 화제만 늘어놓았다.

무쏘랑 코란도 중에 요즘 뭐가 더 잘 나가냐?

코란도가 잘 빠졌지.

아는 형님이 에스페로도 괜찮다고 하데.

청중의 추임새가 이어질 때는 소리 나는 쪽을 힐끗대며 안드레아에게 속삭이기도 했다.

근성아, 저 사람들 왜 저러는 거냐? 영…… 적응 안 된다.

안드레아는 차인표가 드라마에서 연주하는 곡은 언제 나오냐 묻고, 하품을 삼키거나 담배를 태우러 우르르 밖으로 나가는 친구들이 부끄러웠다. 수준이 낮다며 속으로 그들을 경시하고 거리 둘 때도 있었지만, 지금은 그저 온도가 달랐던 것뿐이라고 여긴다. 취향에 한해 자신과 그들의 온도가 달라 서로 녹아들기 어려웠던 거라고.

퇴근 후 혼자 상수시에 들러 공연을 보고, 좋아하는 칵테일을 마시고, 그렇게 자신의 취향과 기호를 알아 가는 과정이 안드레아에겐 소중했다. 그곳에선 철물점 사장이나 고졸자라는 사회적 지위는 아무 상관없었고, 누구도 신경 쓰지 않았다. 재즈라는 열기만 품고 있다면 그만이었다.

세실 씨는 요즘 보사노바에 푹 빠져 있구먼.

올해는 여름휴가를 못 갔잖아. 봐, 봐. 보사노바로 싹 덮으니까 여기도 리우데자네이루의 어느 클럽 같지 않니?

뜬금없는 말인데, 언니는 〈손진태〉랑 〈빛과 소금〉도 보사노바라고 생각해?

맞닿아 있지. 기다 아니다 나눌 필요 뭐 있니, 다 재즈인데.

홀로 온전한 시간을 갖는 것도 좋았지만, 그렇게 재즈를 애호하는 이들과 모여 대화를 나누고, 새로운 것을 알아 가는 과정도 안드레아에겐 귀했다. 새 물결이라는 보사노바의 뜻처럼 상수시에 있으면 늘 새로운 파도를 넘는 것 같았다. 두렵지만 벅차게.

버디에게 기타를 조금씩 배우기 시작한 것도 그 무렵이었다.

안드레아가 완주한 첫 곡은 「One Note Samba」였다. D, G 의 단순한 코드로 진행되는 보사노바였고, 어설픈 솜씨였지만 세실과 듀엣을 한 적도 있었다.

　　이건 단 하나의 음으로 이뤄진 단순한 삼바예요. 다른 음이 따라오긴 하지만 근음은 하나뿐이죠.

동명의 곡을 불렀던 딘 마틴과 카타리나 발렌테처럼 그들은 능청스럽지 못했고, 실수 연발이었지만, 그럼에도 서로의 눈을 맞추며 끝까지 기타를 치고 가사를 읊조렸다. 안드레아가 코드를 잘못 짚어도 세실이 애드리브로 그 실수를 메워 주었다.

　　모든 음을 담아내려 욕심내면 어떤 것도 제대로 들려줄 수 없어요. 그래서 내가 잘 아는 한 음만 연주하려 해요. 나는 다시 첫 음으로 되돌아왔어요. 내가 결국 당신에게 돌아오듯.

세실의 목소리는 에메랄드빛 파도 같았다. 잔잔하게 밀려와 마음의 해안을 부드럽게 매만지다 부딪치는 순간 스며들어 짙은 파문을 남겼다. 그 파문은 꽤 오래 안드레아를 울렁거리게 했다. 세실의 웃음소리나 안드레아야, 부르는 낮은 목소리를 들을 때마다 시시때때로.

오, 그림 좋은데? 둘이 뭐 있지?

있긴 뭐가 있어. 실없는 소리 말고 연습이나 해.

그 파문 때문인지 유들유들 웃으며 장난을 거는 에녹이 거슬렸고, 그것을 시시하게 받는 세실에게도 왜인지 모를 섭섭한 감정이 들었다.

하루는 상수시의 오래된 전등갓을 갈다 세실에게 살며시 물은 적도 있었다.

누님, 우린 무슨 관계예요?

무심한 태도로 묻긴 했지만 속을 들킨 건 아닐까, 공연히 머쓱해하며 안드레아는 드라이버로 나사를 풀었다. 잠간의 적막 뒤 세실이 말했다.

우리는 지음이지.

지음이 뭔데요?

서로의 소리를 아는 벗.

그 의미를 곱씹으며 안드레아는 새 전등갓을 소켓에 맞춰 단단히 고정했다. 다소 미적지근한 답이었지만 돌이켜 보면 적절한 정의였다고 안드레아는 생각한다. 세실이 끈적한 답을 내놓거나 돌연 정색했다면 우리의 관계는 거기서 정리되었을 거라고, 지음, 상대의 소리뿐 아니라 침묵의 숨은 뜻까지 헤아릴 수 있는 그 특별한 관계가 우리를 오래 유지시켰다고 안드레아는 생각했다. 그건 참 다행스러운 일이라고.

차단기를 올리자 환한 불빛이 상수시에 퍼졌다. 세실이 웃

음을 터트렸고, 안드레아는 그 웃음에 숨은 뜻을 나름대로 해
석했다.

다른 음이 따라오긴 하지만 근음은 하나뿐이죠. 당신과 나를
묶어 주는 하나의 음이요.

*

근성은 뒤로 걷는다. 델로니어스 몽크의 곡이 연주되던 겨
울, 고엽과 함께하던 가을, 보사노바가 울려 퍼지던 여름도
뒤로 느리게 흘러간다. 떡국을 나누어 먹고, 와인에 크래커를
곁들이고, 오색의 칵테일이 뒤섞이던 나날도 뒤로 흘러간다.

한참 걷던 근성이 잠시 멈칫 선다. 저 멀리 세실이 보인다.
노아와 에녹, 버디와 모리수도 함께.

안드레아, 안드레아야.

손을 흔드는 젊은 그들을 향해 근성은 반갑게 발을 내딛는
다. 한 걸음, 한 걸음 그들이 가까워질 때까지. 노아, 에녹, 버
디, 모리수…… 벗들의 웃음소리가 점차 가까워진다. 현실은
어둡고 고독하며, 세월은 소중한 것들을 전부 앗아 갔다고 근
성은 생각한다.

너무 오래 산 것 같아.

사랑하는 사람들의 얼굴과 목소리가 뭉개지고 흐려지고 자글자글해질 만큼. 희번한 빛이 비추고 재즈가 잔잔히 흐르는 저곳에서는 모든 것이 다 선명할 것만 같다. 그렇게 뒤로 걷고 걷다 근성은 문득 걸음을 멈춘다.

여기까지만.

근성은 천천히 몸을 틀어 앞으로 걷는다. 처음에는 주춤대다 조금 속도를 낸다. 오랜 벗들이 보이지 않을 때까지, 결코 뒤돌아보지 않고.

여기까지면 족해.

되뇌며 근성은 뚜벅뚜벅 앞을 향해 걷는다. 잊고 싶지 않은 기억의 한 조각만 남긴 채.

안드레아, 라고 처음 불렸을 때는 1988년 4월이었다.

환갑도 지나지 않은 아버지가 돌연 치매에 걸리고 근성이 엉겁결에 철물점을 물려받은 지 갓 일 년 되었을 때였다. 못과 나사가 어떻게 다른지, 홍끈은 어느 자리에 있고 보양지는 어디서 꺼내면 되는지 겨우 분간하던 시기이기도 했다.

바쁠 때는 허리 펼 새도 없었으나 철물점 일이란 대개 따분할 때가 더 많았다. 스물여섯이던 근성에게는 더욱 그랬다. 온종일 카운터를 지키고 앉아 막걸리 냄새 풍기는 동네 할아버지들의 훈수 내지는 영웅담을 듣거나, 아버지는 자재를 염가에 내주었는데 아들은 왜 후려치냐는 거래처 사장들을 상대하는 게 근성으로서는 고역이었다.

덜덜거리는 스쿠터를 철물점 앞에 세워 둔 채 팥 시루떡을 건네던 제 또래의 여자에게 호기심이 생긴 것도 그 때문이었다.

이사 떡이에요. 따뜻할 때 먹어야 맛있대요.

여자는 피부색이 진했고 눈동자는 밝은 갈색이었다. 머리칼도 곱슬곱슬했다. 양공주 딸인가. 호기심 반, 적개심 반으로 근성은 철물점을 구경하는 여자를 주시했다. 이곳저곳 둘러보던 여자가 근성에게 대뜸 물었다.

아저씨, 세면대 물이 안 내려가는데 그거 고치려면 뭐 사야 돼요?

저 아저씨 아닌데요.

근성의 대답에 여자는 잠시 놀란 눈이 되었다가 웃음을 터트렸다.

미안해요. 그쪽 이름이 뭔데요?

사장님이라고 하면 되지. 뭘 이름을 물어봐. 속으로 구시렁대며 근성은 퉁명스럽게 안드레아, 라고 답했다. 떠오르는 대로 주워섬겼는데 그 말을 믿었는지 여자가 무구하게 맞장구를 쳤다.

성당 다녀요? 나돈데. 난 세실리아. 다 세실이라고 불러요.

성당 근처도 가본 적 없었으나 말을 고치기엔 세실이라는 여자의 순수하기 그지없는 태도가 걸렸다. 공연히 미안하기도, 부끄럽기도 해 근성은 허겁지겁 말을 얹었다.

화장실 수전…… 고쳐 드려요?

출장 수리도 하세요? 얼만데요?

그냥 부품값만 받을게요.

왜요?

근성은 어물대다 팥 시루떡을 가리켰다.

이사 오셨다면서요. 떡값 대신…….

세실이 근성에게 넌지시 물었다.

혹시 재즈 좋아해요?

그게 뭐냐는 근성을 향해 세실은 활짝 웃으며 상수시의 위치를 일러 주었다. 공연은 8시에 시작하니 그 전에 꼭 들르라고 했다.

분명 좋아하게 될 거예요.

그날 밤, 근성은 철물점 안을 서성이며 갈팡질팡하다 8시가 가까워지자 〈출장 중〉으로 푯말을 뒤집어 두고 길을 나섰다. 세실이 알려 준 대로 공원에서 왼쪽으로 꺾어 골목을 통

하자 클럽 상수시라는 간판을 단 2층 건물이 보였다. 공구 박스를 들고 쭈뼛대며 근성은 열다섯 개의 철제 계단을 천천히 밟아 2층으로 향했다.

상수시 안으로 들어오는 근성을 세실은 환대했다.

안 오는 줄 알았네. 어서 들어와요.

조명의 광도가 낮은 고즈넉한 바 안에 고급스러운 양복을 입은 바텐더와 악기를 조율하는 연주자들, 와인을 즐기는 우아한 손님들이 모여 있었다. 오후에는 캐주얼한 티셔츠 차림이었던 세실 역시 검은색의 단정한 원피스를 입고 있었다. 이곳에 어울리지 않는 사람은 작업복 차림에 머리도 감지 않은 자신뿐인 것 같아 근성은 금세 주눅 들었다. 수전만 고치고 떠날 요량으로 근성은 화장실이 어디냐 물었다.

곧 공연 시작하는데? 수리는 나중에 해도 되니까 여기 앉아요.

근성을 위해 비워 두었다며 세실은 무대가 가장 잘 보이는 자리에 그를 앉혔다. 근성은 어색하게 앉아 세실이 건네준 메뉴판을 넘겨 보았다. 마티니, 블러디 메리, 피나 콜라다…… 국가 이름 같기도, 사람 이름 같기도 한 낯선 메뉴 때문에 머리가 띵했다.

저, 소주는…… 없어요?

속삭이는 근성을 보며 세실은 웃음을 터트렸다.

우와, 촌스러워. 나 촌스러운 사람 되게 좋아하는데. 나도 그렇거든요.

소주는 없지만 기분 좋게 취하고 싶다면 〈Stardust〉는 어떠냐고 세실이 물었다. 근성은 그녀와 눈도 마주치지 못한 채 고개만 주억였다. 얼른 이 자리에서 벗어나고 싶어 조바심이 일었다. 그 조바심은 크림이 올라간 달콤 씁싸름한 칵테일을 마시며 한층 누그러지다 공연이 시작되고 완전히 잦아들었지만.

그 밤의 첫 곡으로 세실과 벗들은 쳇 베이커의 「I'm Old Fashioned」를 연주했다. 기타와 더블 베이스의 전주가 부드럽게 깔리고, 물 흐르듯 매끄러운 세실의 피아노 연주와 노래가 겹쳐졌다.

난 오래된 것들을 사랑해. 촌스럽지만 따뜻한 순간들이 내겐 소중하거든.

알코올의 강렬한 향이 퍼지듯 세실의 목소리가 근성의 귓가에 내려앉았다. 곧 묵직한 따뜻함이 귓가를 타고 서서히 흘러내렸다. 압생트의 씁쌀한 맛처럼 씁쓸하고도 매혹적이면서 뒷맛은 크림처럼 달콤해 긴 잔향을 남기는 목소리. 간주 구간에서 색소폰 연주가 더해지자 밤의 농도는 더 짙어졌다.

오래 숙성된 위스키처럼 첫 음부터 마음을 간지럽히다 은근한 취기를 남기고 흩어지는 선율에 근성은 흠뻑 빠져들었다. 잠시 가진 자격지심과 수치는 잊은 채, 근성은 다른 손님들처럼 휘파람을 불고, 간간이 박수도 치며 그 밤을 즐겼다.

나는 이렇게 살아가고 싶어. 네가 나와 함께 이 낡은 아름다움을 간직하겠다고 약속해 준다면. 우린 언제까지고 이 근사한 세계를 함께 즐길 수 있을 테니까.

공연이 끝나고 공구 박스를 주섬주섬 챙기는 근성을 세실이 붙잡았다.

가려고요? 우리 한잔 더 하려는데.

아…… 그게, 저는…….

근성이 머뭇대고 있을 때, 색소폰을 연주하던 남자가 다가와 세실에게 물었다.

누구?

세실은 망설임 없이 근성을 소개했다.

안드레아. 오늘 만난 내 새 벗, 인사해.

그 후부터 안드레아는 상수시에 번질나게 드나들었다. 술과 음악이 생각나는 밤, 혼자만의 시간이 필요한 밤, 그리고 벗들과 어우러져 담소를 나누고, 재즈를 듣고 싶은 밤마다.

추레한 작업복 차림으로 가도, 출장 후 바로 온 탓에 시큼한 땀 냄새를 풍겨도 세실은 한결같이 그를 반겼다.

안드레아야, 버디네 본가에서 옥수수 보내 줬거든? 너 이 따 좀 싸가.

사람을 아끼고 소중히 하던 세실을 따라 안드레아는 수많은 이와 어울리고, 한 시절을 나누다 헤어졌다. 술이 나른하게 오르고 흥에 겨운 밤이면 에녹은 색소폰을 불고, 버디와 모리수도 곁에서 합을 맞추었다. 세실은 그 광경을 흐뭇하게 보며 노아에게 와인을 한 잔 더 부탁했다. 넉넉하게 미소 짓는 세실에게 안드레아는 물었다.

누님, 상수시가 무슨 뜻이에요?

사실 안드레아는 상수시가 무슨 뜻인지 알고 있었다. 술에 취할 때마다 상수시가 무슨 뜻이냐고 수십 번은 되물었으니까. 그 밤 안드레아는 취하지 않았고 오히려 정신이 맑았으나 취한 척 세실에게 같은 질문을 했다. 그 뜻을 그녀에게 직접 듣고 싶었다.

안드레아를 지그시 보며 세실은 답했다.

근심이 사라지는 곳.

유월이니까
이주혜

그러니까 너는 왜 자꾸 무덤 옆을 서성이는 거냐고 내가 따져 물었을 때 너는 영영 입을 다물어 버렸다. 무덤 아니고 왕릉이라고, 하다못해 문화재로 공들여 가꾼 공원이라고 항변이라도 할 줄 알았는데, 너는 그러지 않았다. 그러면 내가 또 왕이 묻히면 무덤 아니냐고 따졌을 테니까. 당시 우리의 대화는 대화라고 하기 어려울 만큼 걸핏하면 토막이 났고 어그러지기 일쑤였다. 네가 아침저녁으로 하루 두 번, 때론 세 번도 넘게 서성이는 그곳은 조선의 어느 왕과 왕비가 묻힌 곳이었고, 당연히 웬만한 공원보다 조림도 조경도 잘되어 있었다. 양지바른 곳이었고 사시사철 풍경도 좋았다. 능 주변을 지키는 석물들은 자체로 예술 작품이었고 가끔 해설사 뒤를 따라다니며 역사 공부도 할 수 있었다. 그런데도 나는 네가 자꾸 그곳에 가는 게 탐탁지 않았다. 왕이 묻혔든 이름 없는 백성이 묻혔든 하다못해 짐승이 묻혔든 그곳은 죽음을 떠올리게 했으니까. 이제 우리가 더는 입에 올리지 않는 그 사건 후로 너는 그곳에서 살다시피 했다. 나는 네가 죽음을, 아니 죽음의 기억을 끊어 내지 못하는 게 싫었다. 자꾸 죽음의 방향으로 걸음 하는 게 마뜩찮았다. 아니, 두려웠다고 말하는 게 솔직하겠다. 나는 너를 삶 쪽으로 끌어당기고 싶었다. 내가 머물기로 마음먹은 이 삶 쪽으로. 그런데 너는 내가 붙잡으려 할수록 반작용처럼 더욱 멀리 죽음을 찾아다녔다. 출근 전 함께 아침을 먹을 때만 해도 아무 말도 없던 네가 점심을 먹을 때쯤 불쑥 메시지를 보내기 시작했다.

경주 대릉원에 왔어. 그 유명한 목련이 벌써 다 져버렸네.

**김해 수로왕릉에 왔어. 수로왕의 부인이었던 허황옥은 인
도 사람이었대. 신기하지?**

너는 가벼운 나들이를 나온 사람처럼 심상하게 메시지를 보내고 가끔은 사진도 보냈다. 네가 보내는 사진에 너의 모습은 없었다. 늘 벌초가 잘된 봉분 사진뿐이었다. 평소에도 남의 무덤 앞에서 브이 포즈를 취하고 사진을 찍는 사람들이 영 이해가 되지 않았던 나는 인물 없이 무덤만 덜렁 찍은 사진이 훨씬 더 괴이하다는 걸 네가 보내 준 사진들 덕분에 알게 되었

다. 점심시간 직장 동료들과 좁은 흡연 구역에서 담배를 피우며 시시껄렁한 농담이나 상사의 욕을 나누다가 네가 전송한 무덤 사진을 받으면 담배 연기 너머로 포화 속을 헤매는 너의 환영이 얼핏 나타났다 사라지기도 했다. 그 사건에 대해 아는 동료들은 내가 핸드폰을 들여다보며 한숨을 푹 쉬는 모습을 못 본 척 다른 이야기를 시작하곤 했다. 결국 그런 너를 견디지 못하고 내가 먼저 떠났다. 나는 우리가 함께 살던 집에서 서울 대척점에 있는 대리점으로 전근 신청을 하고 새 직장 가까운 곳에 원룸을 얻었다. 새로 살게 된 동네는 우리가 함께 살던 곳과 판박이처럼 닮아 있었다. 지하부터 옥탑까지 무리해서 지은 낡은 빌라들, 간혹 테라스에 무방비하게 널린 타인의 빨래, 날이 저물면 냄새를 풍기며 존재를 드러내기 시작하는 하수구, 걸어가면서, 때론 자전거를 타고 가면서도 담배를 피우다 불도 제대로 끄지 않은 담배꽁초를 골목길에 버리는 늙은 남자들까지. 다른 점이 하나 있다면 새 동네에는 무덤이 없었다. 이곳은 그 어느 동네보다 생으로 득시글거리는 곳이었다. 죽음을 떨치지 못하는 너를 버리고 악다구니 치는 삶의 방향으로 혼자 건너온 나는 안도했다. 얼추 정리를 마치고 이사 소식을 알렸을 때 엄마는 가장 먼저 너의 안부를 물었다.

원영이는 어쩌고?

나는 이야기의 머리도 꼬리도 심지어 몸통마저 다 발라낸 채 간단히 대답했다.

어차피 혼인 신고도 안 했는데, 뭐.

비겁한 새끼.

엄마는 욕설과 함께 전화를 끊어 버렸다. 엄마의 욕을 들으니 이상하게 더부룩했던 마음이 조금 가라앉았다. 더 듣고 싶다는 뒤틀린 욕구까지 솟구쳤다. 양아치 같은 새끼. 개새끼. 나쁜 새끼. 그렇게 살지 마라. 나는 너의 목소리로 그 욕들을 재생시키고 혼자 만족했다. 이제 됐지? 이렇게 눈앞에 있지도 않은 너에게 대꾸하면서.

*

새 동네에는 커다란 공원이 있었다. 오래된 공원이라 나무도 우람하고 꽃도 다양하고 제법 큰 연못도 있었지만, 공원 한가운데 자리한 커다란 운동장과 그 둘레를 도는 트랙이 가장 유명하다고 이사할 때 부동산 중개업자에게 들었다. 낮에는 동네 사람들, 주로 노인들이 꽃과 나무를 보며 산책을 하고 밤에는 젊은이들이 트랙 주변을 달리거나 걷는다고 했다. 이사 후 3주일 쯤 지났을 때 퇴근 후 처음으로 그 공원에 가보았다.

밤 9시가 넘은 시간이라 사람이 얼마나 있을까 싶었는데, 생각보다 붐볐다. 천천히 걷는 사람도, 반려견과 산책하는 사람도, 가볍게 달리는 사람도, 자전거를 타는 사람도 있었다. 특히 중개업자가 말한 운동장 트랙은 신세계였다. 바닥에 표시된 화살표와 이정표를 따라 찾아간 트랙 입구에 주의 사항 안내판이 서 있었는데, 〈5인 이상 무리 지어 달리지 마시오〉라는 문구가 인상적이었다. 트랙은 도로로 치면 2차선이었고 그중 오른쪽은 걷는 길, 왼쪽은 달리는 길이라는 안내가 바닥에 선명하게 쓰여 있었다. 나는 트랙의 오른쪽 길로 들어서 사람들과 나란히 한 방향으로 걸었다. 한 바퀴 정도 돌아보니 왜 그렇게 입구부터 주의 사항이 강조되어 있는지 알 것 같았다. 트랙을 도는 사람이 많았고 저마다 다른 속도로 걷거나 달리다 보니 동선이 엉키는 일도 생겼고, 다섯 명 넘게 무리를 지어 무서운 속도로 달리는 사람들을 만나면 과연 위협적으로 느껴지기도 했다. 운동장 가장자리를 따라 우뚝 솟은 대형 조명을 받으며 일제히 한 방향으로 트랙을 도는 사람들은 밤의 고속 도로를 연상시켰다. 곳곳에 〈충돌 주의〉 표지판과 방향을 알리는 커다란 화살표가 보이는 것도 고속 도로와 비슷했다. 사람들은 대체로 트랙의 질서에 순응하며 움직이는 것 같았지만, 가끔 선을 넘어가며 추월을 시도하는 사람들이 있는 것도, 5인 이상 무리 짓지 말라는 경고를 어기며 질서를 무시하는 사람들이 있는 것도 고속 도로와 사정이 비슷했다.

밤마다 트랙에 나간 지 사흘 만에 여자를 발견했다. 여자는 혼자 달렸고 언제나 비슷한 시간에 일정한 속도와 자세로 트랙을 돌았다. 포니테일로 높게 묶은 머리와 작고 마른 몸에 들러붙는 레깅스, 고개를 살짝 들고 전방을 주시하면서 허리를 꼿꼿하게 세우고 달리는 자세는 스포츠웨어 광고 모델이라고 해도 될 만큼 모범적으로 보였다. 그중 가장 내 눈에 띈건 여자의 점퍼 등에 인쇄된 새 그림이었다. 어느 브랜드의 옷인지는 알 수 없었는데 여자의 등에는 활짝 편 새의 푸른 날개가 그려져 있었다. 바로 뒤에서 달린다면 여자 자신의 날개로 보일 수도 있을 만큼 날개는 크고 생동감이 있었다. 여자의 속도가 다른 사람보다 눈에 띄게 빠르지도 않았는데 흡사 날아가는 것처럼 보이는 이유도 날개 때문이 아닐까 싶었다. 그날부터 나는 트랙에 들어서자마자 여자를 찾기 시작했고, 여자를 발견하면 달리는 여자와 걷는 내가 몇 번 스쳐야 집으로 돌아갈 것인지 그날의 목표량을 정했다. 어느새 나는 트랙을 도는 일보다 여자를 찾아 관찰하는 일에 더 신경을 쓰고 있었다. 여자는 힘들어하지도 서두르지도 않고 늘 일정한 속도로 달렸다. 자세가 흐트러지는 일도 없어서 가끔은 그 치밀함이랄까 정밀함에 소름이 돋기도 했다. 늘 혼자 달리는 것도 여자가 눈에 띄는 요소 중 하나였다. 가끔 무리 지어 달리는 젊은 남자들이 여자 곁을 스치며 말을 걸거나(우리 크루에 들어올래요?) 드물기는 했지만 무례하게 휘파람을 불 때도 있었다. 그러나 여자는 그런 틈입에 눈길조차 주지 않았다. 나는 그런 여자의 태도가 마음에 들었다.

여자와는 하루에 세 번 스칠 때도 있었고 일곱 번 스칠 때도 있었다. 한마디로 예측할 수 없었다. 아니, 예측하지 않았다는 말이 정확할 것이다. 여자가 트랙에 들어서는 시간과 달리는 속도는 일정했으므로 여자는 상수에 해당했다. 변수는 나였다. 내가 몇 시부터 트랙을 도는가, 어느 정도의 속도로 걷는가, 몇 바퀴를 도는가가 늘 달라졌으므로 언제나 내가 변수였다. 너를 사랑하고 너와 같이 살고 너와 함께 미래를 계획할 때 변수는 늘 너였고 나는 상수를 자처했기에 나는 처음으로 내가 변수가 되었다는 사실이 기뻐서 밤마다 알지도 못하는 여자를 홀낏거리며 트랙을 돌고 또 도는 건지도 몰랐다.

*

너를 버리고 온 이후 처음으로 언젠가의 네가 꿈에 나타났다. 꿈속의 너는 다가올 미래를 모르고 행복했다. 자꾸 미래를 계획하고 앞날을 기대했다. 나는 그런 네가 가엾어 울다 잠에서 깼다. 그날 밤 공원 트랙에 처음으로 여자가 보이지 않았다. 나는 자꾸 허둥거렸다. 여자를 찾느라 걷는 길에서 달리는 길 쪽으로 자꾸 선을 넘었고, 그러다 달리는 크루들과 부딪칠 뻔하기도 했다. 빠른 속도로 달려오다가 나 때문에 급정지를 해야 했던 한 남자가 짜증이 가득 밴 소리로 외쳤다.

죽고 싶어요?

남자는 걷는 길과 달리는 길 사이 선을 밟고 서 있는 나를 향해 매서운 눈길을 보내고 다시 뛰기 시작했다. 남자의 맨 팔뚝에 불끈거리는 근육이 대형 조명을 받아 유난히 도드라져 보였다. 멀어지는 남자의 어깨 너머로 〈충돌 주의〉 안내판이 조명을 받아 반짝거렸다. 지나가는 사람들이 여전히 서 있는 나를 노려보았다. 쯧, 하고 혀를 차는 사람도 있었다. 이대로 서 있다간 정말로 큰일이 날 것 같아 트랙에서 벗어났다. 트랙 옆에는 준비 운동을 하거나 도중에 쉴 수 있는 공간과 벤치가 드문드문 놓여 있었다. 약간 어지럼증을 느끼며 비어 있는 벤치를 찾아가 앉았다. 이런 일이 없었는데 왜 이렇게 발밑이 빙글빙글 도는 것처럼 어지러운 거지? 요즘 먹는 게 영 부실하긴 했다. 입맛이 써도 너무 썼다. 뭘 먹어도 원래의

맛이 느껴지지 않았다. 씹는 행위 자체가 힘겹다는 생각까지 들었다. 심지어 술맛도 떨어져 회식 자리도 몇 차례나 거절한 바람에 새 근무지에서 일찌감치 사회성 떨어지는 외톨이로 찍혔다. 담배만 늘어 점심시간에만 피우던 걸 하루에도 몇 차례나 매장 밖으로 나가 담배를 피우고 돌아오다가 팀장한테 한 소리 듣기도 했다.

고객들 상대로 백색 가전 파는 사람이 담배 냄새나 풀풀 풍기면 되겠어요? 백색 가전을 왜 백색 가전이라고 하겠어요? 사람들은요, 실제로는 안 그래도 누구나 집이나 가정 하면 하얗고 맑고 깨끗한 이미지를 추구한다고요. 거기 담배 냄새가 끼어들 틈이 어딨습니까? 안 그래요?

팀장의 말은 틀린 데가 하나도 없었지만 담배를 포기할 수는 없어서 대신 구강 청결제, 입냄새 제거제, 자일리톨 껌 등을 잔뜩 사들였다. 그런데 참 이상도 하지. 입맛이 없고 먹는 게 부실해서 체력이 떨어진 건 알겠는데, 그동안은 밤에 공원에 나와 몇 바퀴를 걸어도 괜찮던 게 왜 하필 여자가 오지 않은 날에만 갑자기 어지럽고 핑핑 돌고 난리냐는 말이다. 내가 생각해도 어이가 없어 벤치 등 너머로 고개를 휙 젖히고 눈을 질끈 감은 채 부글거리는 속을 달랬다. 내일 점심시간에 잠깐 짬을 내 대리점 옆 병원 건물에 가서 영양제 주사라도 맞고 올까. 그런 거 맞아 봤자 돈만 날리고 오줌으로 다 나간다는 데. 뭐, 이런 잡생각을 하며 눈을 감고 있는데 누가 내 오른쪽 어깨를 톡톡 가볍게 두드렸다. 똑똑 노크하듯이 조심스럽고 정중하게. 눈을 뜨고 돌아보자 오른쪽에 내 또래로 보이는 남자가 옆에 와 앉아 있었다.

실례합니다.

남자는 정말로 노크를 하고 들어온 사람처럼 말했다.

초면에 굉장한 실례인 건 알지만, 잠시 제 아내를 맡아 주실 수 있을까요?

남자는 매우 예의를 차리려고 애쓰고 있었지만, 눈에 띄게 불편해 보였다. 아내를 맡아 달라니 무슨 말인가 싶어 남자 주위를 둘러보자 남자가 들고 있던 네모난 연을 내밀었다.

믿기 힘드시겠지만, 제 아내입니다. 아내가 날아가지 않게 여기 연줄을 꼭 붙잡고 계시면 됩니다. 자세한 얘기는 다녀와서 말씀드리겠……습니다. 제가 지금 몹시…… 급해서……요.

연줄에 매인 방패연이 자기 아내라는 말은 조금도 믿기지 않았지만 남자가 몹시 급하게 화장실에 다녀와야 하는 상태라는 건 쉽게 믿을 수 있었다. 남자의 이마에서 땀이 줄줄 흐르고 얼굴은 하얗게 질려 있었다. 나는 일단 남자가 내민 연을 받아 들었다. 남자는 내가 두 손으로 연줄을 꽉 붙잡은 걸

확인하자마자 어기적거리는 걸음으로나마 서둘러 화장실 쪽으로 달려갔다. 멀어지는 남자의 뒷모습을 바라보다 나는 뭔가를 깨닫고 화들짝 놀랐다. 남자가 연을 아내라고 말했을 때는 웬 미친놈의 미친 말이려니 하고 넘겼는데, 막상 연을 받아 들고 보니 어떤 힘이 느껴졌다. 믿기 힘들겠지만 연은 살아 있었다. 처음부터 이상하다는 것을 알아챘어야 했다. 남자가 말을 걸었을 때 이미 남자가 들고 있는 연은 연줄을 팽팽히 당기고 하늘을 향해 떠 있었다. 분명 납작하고 한가운데 구멍까지 뚫린 방패연이 헬륨이나 수소를 채운 풍선처럼 공중에 둥둥 떠 있었다는 말이다. 그때는 쩔쩔매는 남자의 모습에 정신이 팔려 몰랐는데, 내 손에 들어온 연은 금방이라도 하늘로 솟구칠 것처럼 연줄을 팽팽히 위쪽으로 잡아당기고 있었다. 나는 연을 놓칠세라 얼른 양손에 힘을 주며 버텼다. 오래전 고교 동창을 따라 바다낚시를 갔을 때 경험했던 〈손맛〉과 비슷하게 가느다란 연줄은 끊어질 듯 버티며 하늘로 달아나려고 했다. 내 머리 위에 뜬 방패연이 힘을 주어 까딱거렸다. 어찌된 일인지 영문도 모른 채 나는 남자가 화장실에서 돌아올 때까지 어떻게든 이 연을 놓치면 안 된다는 생각만 하며 양손에 힘을 주었다. 제발, 제발요. 이런 소리도 했던 것 같다. 그러자 연은 버티던 힘을 풀고 공중에서 딱 한 번 풀썩 위아래로 움직였는데 그 몸짓이 홍! 헛! 핏! 등에 가까운 소리를 냈다. 그러더니 연은 바람 빠진 풍선처럼 스르르 벤치 위로 내려앉았다. 떨어졌다기보다는 내려앉았다는 표현이 적당할 만큼 방패연의 동작은 자발적이었다. 이대로 남자가 영영 나타나지 않으면 어쩌지? 그렇게 된다면 나는 이 연을, 아니 남자의 아내를 어떡하면 좋을까? 나는 믿을 수 없는 일들을 믿기 시작하며 조바심을 쳤다. 방패연은 이제 평범한 연처럼 벤치 위에 가만히 놓여 있었는데도 나는 연줄을 잡고 있는 양손의 힘을 풀지 못했다. 10분이 지나가고 또 10분쯤이 지났을 때 저기서 남자가 한결 가뿐해진 걸음으로 다가왔다. 남자는 내 앞에 서자마자 내 손에서 연줄을 빼앗듯이 가져갔다. 그러자 연이 곧장 하늘로 팽팽히 솟구쳤다.

아이고, 이것 참, 초면에 죄송하게 됐습니다. 감사하고요.

연은 남자 쪽에서 최대한 먼 방향으로 줄을 당기며 까딱거렸다.

미안해, 여보. 저녁 먹은 게 잘못됐나 봐.

남자가 연을 향해 말하자 연은 힘을 더 주어 버렸다. 저러다 연줄이 끊어지면 어쩌나, 걱정하다가, 내가 왜 이런 어처구니없는 일에 휘말렸나 싶어 벤치에서 살짝 엉덩이를 뗐다. 그런 나를 붙잡듯이 남자가 불쑥 말을 시작했다.

제가 미친놈이라 생각하시죠?

이대로 몸을 일으켜 가버리면 정말로 남자의 말을 긍정하는 게 될까 봐 나는 다시 벤치에 엉덩이를 붙이고 앉았다.

하긴 누가 제 말을 믿어 주겠습니까? 방패연을 자기 아내라고 떠들고 다니는 놈 따위.

아, 뭐, 예.

하지만 누가 뭐라든 저는 이 연이 아내라는 걸 아니까요. 사랑하는 사람을 놓칠 수는 없잖아요? 그렇지 않습니까?

아, 예, 뭐.

듣고 싶으십니까?

예?

어쩌다 이렇게 됐는지, 듣고 싶으세요?

아니, 뭐, 꼭.

내가 확답을 하기도 전에 남자는 내 옆에 자리를 잡고 앉더니 긴 이야기를 시작했다.

*

남의 불행을 듣는 건 어찌 보면 조금 흥미롭기도 하고, 때론 자신의 불행과 비교해 위안을 얻기도 하는 꽤 묘한 악취미가 될 수도 있겠습니다. 하지만 그 불행이라는 것도 너무 속속들이 자세하게 전해 듣다 보면 살짝 피곤해지기도 하고 가끔은 불쾌해지기도 하지요. 그럴 수 있는 이야기를 제가 선생님께, 아, 선생님이라고 불러도 되겠지요? 아무튼 선생님께 구구절절 들려 드리게 되어 우선 죄송하단 말씀부터 드립니다. 그런데, 이 동네로 오신 지 얼마 안 되나 봅니다. 처음 뵙습니다. 제가 이곳에 꽤 오래 살아서 이 공원 터줏대감이라고도 할 수 있는데, 선생님은 오늘 처음 봤어요. 이 동네 사람치고 여기 공원에 와 뛰거나 걷지 않는 사람이 거의 없거든요. 서두가 길었네요. 아내가 어쩌다가 이런 모습이 되었는지 말씀드리겠습니다. (순간 연이 저항하듯 거칠게 몸을 펄럭이자 남자가 연줄을 잡지 않은 손으로 방패연의 한 모퉁이를 살살 쓰다듬었다.)

우리 부부는 참 다정한 사이였습니다. 연애만 7년을 했고요. 결혼한 지도 7년이 되었죠. 그동안 한눈을 판 순간이 단 한 번도 없습니다. 저는 물론이고 아내 역시 그러했으리라 굳게 믿습니다. 단 하나 문제가 있었다면 결혼하고 피임을 중단했는데도 아이가 생기지 않는다는 점이었죠. 든든한 아들 하나, 살가운 딸 하나, 이렇게 넷이 알콩달콩 사는 게 우리 부부의 꿈이었거든요. 결혼하고 3년이 지나도 아이가 생기지 않자 양쪽 집안에서도 눈에 띄게 걱정하며 은근히 압박을 넣더군요. 그래서 병원에 다니기 시작했습니다. 그리고 여차여차 난임 시술을 시작했죠. 그 시술이라는 게 막상 겪어 보니 아내가 참 고생이 이만저만이 아니더라고요. 원래 여자 쪽이 훨씬 더 고통스러운 일이라는 말은 많이 들었지만 그 정도로 고생할 줄은 몰랐죠. 그래도 아내는 꿋꿋하게 견뎠습니다. 아내가 훨씬 더 아이를 원했거든요. 착상 실패만 몇 번, 또 초기 유산 몇 번을 거치고 2년 전에 드디어 임신에 성공했습니다. 우리는 매사에 조심하고 또 조심했습니다. 말이 씨가 될까 봐 나쁜 말은 내뱉지 않았고 나쁜 마음조차 품지 않으려고 노력했습니다. 모양이 흉하고 비뚤어진 음식도 먹지 않았어요. 좋고 예쁜 것만 보려고 애썼습니다. 그렇게 살얼음판을 걷는 것처럼 몇 달을 보내고 드디어 막달이 되었어요. 의사가 아들이라고 하더군요. 우리는 파란색 옷도 이불도 신발도 사 두고 침대도 유아차도 장만하고 아이 방도 꾸몄어요. 그 한 달이 우리 부부의 인생에서 가장 행복한 시기였을 거예요. 예정일 전 마지막 정기 검진일에 함께 병원에 갔습니다. 그 무렵 아내는 마음은 행복했어도 몸은 잔뜩 붓고 아이가 자꾸 치받아 소화도 잘 못 시키고 자세가 불편해 잠도 푹 못 자고 해서 꼴이 엉망이었죠. 그래도 그 푸석푸석한 얼굴로 해사하게 웃으며 아이 이름을 의논할 때의 아내는 이 세상 누구보다 아름다운 여신이었습니다. 그날 병원 복도에서 검진 순서를 기다리며 앉아 있는데 아내가 벽에 걸린 거울에 얼굴을 비춰 보더니 제게 묻더군요.

내 얼굴 진짜 엉망진창이지?

아아, 그날 그 순간으로 돌아갈 수만 있다면 저는 제 손으로 제 입을 찢어 버릴 겁니다. 마음으론 오늘도 당신이 제일 예뻐, 당신은 여신이야, 이렇게 생각했으면서 저는 옆에 앉은 다른 부부의 눈치를 보면서 이렇게 말해 버린 겁니다.

그러게. 우리 여보 예쁜 얼굴이 말이 아니네. 요 녀석이 빨리 나와야 엄마 고생도 끝날 텐데 말이야.

말이 씨가 된다는 말은 사실이었습니다. 20분 정도 더 기다리다가 초음파실에 들어갔는데 화면을 보던 의사의 눈빛이 마구 흔들리는 걸 보고 저는 이미 뭔가 잘못되었다는 것을 알아차렸습니다. 최근 아기가 뱃속에서 잘 놀았냐고 묻는 의사의 목소리도 떨리더군요. 아내도 뭔가 이상하다는 걸 알아챘는지 순식간에 긴장하더니 한참 후에 묻더군요.

선생님. 여기 왜 이렇게 조용하죠?

초음파실에 들어갈 때마다 기계가 들려주는 소리가 들리지 않았던 겁니다. 웅장웅장웅장. 정말로 제 귀에는 이렇게 들렸던 아이의 심장 소리가 들리지 않았습니다. (방패연이 갑자기 마구 요동치더니 혼절이라도 한 것처럼 풀썩 벤치에 떨어졌다. 남자가 방패연을 집어 들어 제 품에 꼭 감싸안았다.)

죽은 아이를 몸 밖으로 꺼내는 것도 출산과 똑같다고 의사가 말하더군요. 아내는 심장이 멈췄어도 아이의 마지막 모습을 꼭 보고 싶다고 말하고 수술실에 들어갔습니다. 그러나 양쪽 어머니들이 결사 반대했어요. 죽은 아이를 보면 그 모습을 평생 지울 수 없을 거라고요. 눈꺼풀 안쪽에 화인처럼 아이를 새긴 상태로 어미는 살아갈 수 없는 법이라고요. 저는 아내가 아닌 양쪽 어머니들의 말을 따랐습니다. 아내가 마취에서 깨어나기도 전에 아이를 빼돌렸지요. 맞습니다. 빼돌렸다고 밖에는 표현할 수 없을 정도로 저의 행위는 파렴치하고 비겁했습니다. 지금은 땅을 치고 후회합니다. 제가 회복실로 옮겨진 아내를 돌보는 사이 양쪽 부모님이 아기를 데리고 갔습니다. 화장해서 바다에 뿌렸다고 들었습니다. 묘든 봉안당이든 아내가 아이를 찾아갈 수 있는 곳을 애초에 만들면 안 된다고 강경하게 나오시더라고요. 그렇게 연줄 끊듯 끊어 내야 다음 아이를 만날 수 있다고요. 마취에서 깨어난 아내는 울부짖다가 까무러치길 반복하며 저를 원망했어요. 그래도 괜찮았습니다. 아내가 곁에 있었으니까요. 저는 맘속으로 무수히 아기에게 작별 인사를 건넸습니다. 아가, 잘 가거라. 맺힌 마음은 먹지 말고 좋은 곳으로 가거라. 그 순간에도 저는 아이에게 다시 우리 아기로 돌아오라는 말은 하지 않았습니다.

이후 저는 모든 결정을 아내에게 맡겼습니다. 몸부터 회복하고 마음도 추스르고 다시 시술을 시도하든지 아예 단념하든지 그 결정을요. 아내만 있으면 된다고 저는 마음먹었습니다. 아내만 행복하게 지내면 저는 든든한 아들 하나, 살가운 딸 하나 같은 오래전의 꿈을 깨끗이 단념할 수 있었어요. 진심으로요. 제 말을 들은 아내는 아무 대꾸 없이 조용히 돌아눕더군요. 왜 아니겠습니까. 제 몸에 아홉 달 가까이 품은 아이를 제대로 한번 보지도 못하고 떠나보냈는데 아내 속이 어떻겠어요? 저로선 짐작조차 할 수 없는 고통이겠지요.

한동안 아내는 조용히 지냈습니다. 뭐랄까, 영혼에 빛이라는 게 있다면 아내의 영혼은 순식간에 조도가 확 낮아진 전등 같았달까요? 아내가 평소처럼 발랄하고 쉴 새 없이 몸을 움직이며 집을 가꾸었다면 오히려 이상했겠죠. 저는 아내의 침묵이 당연하다 여기고 그냥 기다리기로 했습니다. 아무 일 없었던 듯 저 역시 조용히 아내 곁을 지키면 언젠가는 예전의 아내로 돌아오리라 믿었습니다. 그런데 언제부턴가 아내가 이상한 행동을 하기 시작했습니다. 아침에 눈을 뜨자마자 집 밖으로 나가 늦도록 돌아오지 않는 날이 많았는데, 처음엔 상처를 치유하려고 어딘가를 헤매 다니는 거라고만 생각했어요. 원래 사람이 힘들면 힘들수록 몸을 움직여야 하잖아요. 침대에 누워 우울을 키우기보다는 부지런히 움직이고 걷고 달릴수록 회복이 빠르다잖아요. 그래서 처음에는 아내의 잦은 외출이 은근히 반가웠습니다. 아내는 회복 중이구나, 이렇게 생각하면서요. 그런데 언제부턴가 아내가 직장에 있는 제 핸드폰으로 사진을 전송하기 시작했습니다. 평소에도 아내는 집 근처 공원을 산책하다가 예쁜 꽃을 만나면 찍어서 보내 주는 다정한 사람이었거든요. 하지만 그 무렵 아내가 보내오는 사진들은 죄 무덤이었습니다. 주로 문화재로 지정된 왕과 왕비의 무덤이요. 선생님도 아시죠? 서울과 경기도에 왕릉이 은근히 많다는 걸요. 태조 이성계의 무덤이 있는 동구릉도 있고 장희빈의 무덤이 있는 서오릉도 있고요. 또 태릉, 정릉, 선릉, 의릉, 영릉 등등 왕과 왕비가 한둘이 아니었으니 그 무덤도 당연히 많겠죠. 아내는 그 무덤들을 찾아다니고 있었던 거예요. 아내가 보내 주는 무덤 사진들은 어쩐지 괴이한 느낌을 풍겼습니다. 평소 아내는 저보다 사진을 훨씬 잘 찍는 사람이었거든요. 같이 산책하다 똑같은 꽃을 찍어도 아내가 찍은 꽃이 훨씬 아름답게 보일 정도로 아내는 직관적으로 구도와 초점을 잘 맞추는 사람이었습니다. 그런데 아내가 보내는 무덤 사진들은 관리가 잘된 문화재들이었음에도 이상하게 사건 현장 같은 느낌을 풍겼어요. 그래요.「그것이 알고 싶다」같은 범죄 프로그램에서나 볼 듯한 불길하고 기분 나쁜 그런 이미지였죠. 아내는 그런 곳에 다녀오면 입구에서 나눠 주는 팸플릿도 꼭 챙겨 와 식탁 위에 두었습니다. 그런 식으로 아내는 어디에 다녀왔는지 저에게 말없이 알리려던 것이었을지도 모르죠. 야근을 마치고 돌아온 어느 날은 안방에서 자는 아내를 확인하고 식탁에 놓인 새 팸플릿을 뒤적이며 아, 오늘은 아내가 어떤 왕의 무덤에 다녀왔구나 생각하며 그날 오후 아내가 보내 준 무덤 사진과 팸플릿에 인쇄된 무덤 사진을 비교해 가며 들여다보기도 했습니다. 두 사진은 같은 피사체라고는 믿을 수 없을 만큼 달라 보였습니다. 팸플릿 사진은 원래 전문가가 좋은 카메라로 찍었을 테니 처음부터 비교하는 게 무리라는 건 알지만, 제가 말하는 건 무덤이 풍기는 분위기랄까 느낌이랄까, 이런 것이 달라도 너무 달랐다는 말이죠. 저는 점점 아내의 외출이 걱정되었습니다. 아내는 무덤가를 서성이며 무엇을 찾고 있었던 걸까요? 혹시 이런 식으로 아이의 마지막을 보지 못하게 막았던 저를 원망하고 저주하고 있는 건 아닐까요? 아내는 서울과 경기도의 왕릉은 다 둘러봤는지 나중에는 경주로 김해로 울산으로 향하더군요. 알아보니 왕릉은 전국 곳곳에 있었습니다. 조선 시대에만 왕이 있었던 게 아니니까요. 아내의 무덤 산책은 여행이 되었고 그만큼 집을 비우는 일도 잦아졌습니다. 아내가 아무 말없이 집을 나섰다가 사흘 만에 돌아왔을 때 저는 처음으로 아내에게 싫은 소리를 했습니다. 이제 그만하라고요. 이제 그만 잊어야 한다고요. 그리고 해서는 안 되는 말도 해버렸습니다. 너만 힘든 게 아니지 않냐고요. 소리를 질렀던 것도 같습니다. 솔직히 기억이 잘 나지는 않는데, 하필 그날 회식이 있어서 제가 좀 취해 있었거든요. 술김에 평소 눌러 왔던 말들을 마구 쏟아 냈던 것 같아요. 제발 이제 그만 잊자, 응? 그냥 운이 나빴던 걸로 치고 살자. 우리도 살아야지. 안 그래? 아내는 초점 없는 눈빛으로 저를 물끄러미 보고만 있다가 한참 후에 묻더군요.

살고 싶어?

저는 눈물에 콧물까지 흐르는 걸 느끼면서도 닦을 생각을 못하고 고개를 주억거렸습니다. 아내가 말했습니다.

그래, 살고 싶은 사람은 살아야지.

그 이후로 저는 기억을 잃었는데 아마 거실에 그대로 쓰러져 잠들었던 것 같아요. 다음 날 거실 가득 비쳐 들어온 햇빛에 눈이 부셔 깨어났을 때 아내는 보이지 않았습니다. 저는 또 아내가 먼저 무덤을 찾아간 거라 생각하고 쓰라린 속과 짜증을 동시에 느끼며 천천히 샤워를 했습니다. 따뜻한 물로 씻고 나니 마음이 조금 누그러들더군요. 씻고 나가면 아내에게 전화를 걸어 간밤의 일을 사과해야겠다 마음먹었죠. 그러고 알몸으로 욕실에서 나와 옷을 입으려고 안방에 갔을 때 침대에 아내가, 아니 그때는 아내인지 몰랐던 연이 놓여 있는 게 보였습니다. 웬 연일까? 아내가 새로운 취미를 시작했나? 왈칵 반가운 마음에 연을 향해 손을 뻗었는데 연이 갑자기 풀썩 위로 솟구치더니 거실로 달아나더군요. 예, 분명 그 몸짓은 달아나는 것이었습니다. 저는 어어, 얼빠진 소리를 내며 연을 따라 나갔어요. 아, 지금 생각해도 식은땀이 나는 게요. 그때 거실 쪽 창문이 단단히 닫혀 있었던 게 얼마나 다행이었는지! 연은 거실 창을 향해 몸을 몇 번 부딪치다가 안 되겠는지 부엌 쪽으로 날아갔습니다. 다행히 그쪽 창도 닫혀 있었습니다. 연은 연줄을 매단 채로 집 안 곳곳을 날아다녔지만 결국 제 손에 붙잡혔습니다. 그날부터 지금까지 저는 이 연줄을, 아니 아내의 몸을 제 손에서 놓은 적이 없습니다. 아니, 그런데 선생님. 어디 불편하신 데라도 있으신지…… 아니면 요즘 보기 드문 그, 뭐라더라, 아, 공감 능력이 굉장히 뛰어나신 분인가 봅니다. 아무리 슬픈 이야기라도 그렇지 생판 남의 이야기인데 아까부터 눈물을 멈추질 못하시네요. 제가 손수건은 없고 휴지는 있는데 잠깐만요……. (남자가 주머니에 손을 넣어 휴지를 찾는 사이 남자의 한 손에 들려 있던 연이 힘을 주어 남자의 손아귀에서 벗어나 공중으로 솟구쳤다.)

*

나는 6월이 좋아. 육월이라고 하지 않고 유월이라고 할 때의 동그랗게 내민 입술을 좋아하고 야무지게 몸피를 불려 가는 나뭇잎이 쏴아아아 바람과 만나는 소리도 좋고 땀 흘리고 돌아온 사람에게 내미는 얼음물의 차가움도 좋아. 6월이 와서 좋아. 기다리던 사람이 6월에 와줘서 좋아. 그 사람의 이름은 6월로 하자. 남자아이면 준, 여자아이면 주은이라고 부르자. 우리 영원히 6월과 함께 살자.

*

연은 트랙 쪽으로 둥둥 떠 갔다. 남자는 허둥지둥 연을 쫓아 뛰었다. 나도 얼결에 남자의 뒤를 따라갔다. 어쩐지 남자가 아내를 놓친 게 순전히 내 탓인 것만 같았다. 내가 질질 울지만 않았어도 남자가 휴지를 꺼내느라 잠시 방심할 일은 없었을 테니까. 트랙엔 그새 사람이 더 불어나 있었다. 걷는 길과 달리는 길 모두 혼잡했다. 남자는 그 혼잡한 틈을 마구잡이로 비집고 들어가느라 여러 사람과 몸을 부딪쳐야 했다. 여기저기서 짜증 섞인 항의가 들려왔다. 그래도 남자는 아랑곳하지 않고 오직 연을 쳐다보며 뛰었다. 연은 일정한 속도로 트랙을 돌 듯 공중을 떠다녔다. 나는 연을 보다 허둥대는 남자를 보다가 하면서 트랙에 진입해 우선 걷는 길에서 속도를 내 걸었다. 그러고 곧바로 여자를 발견했다. 늘 모범적인 자세로 트랙을 돌던 여자. 점퍼 등에 커다란 새의 푸른 날개를 펼치고 날 듯이 뛰는 여자. 어느새 여자가 트랙을 돌고 있었다. 내가 남자의 사연을 듣는 사이 공원에 온 모양이었다. 나는 남자도 연도 무시하고 이제 등에 날개를 단 여자를 쫓아 걸었다. 평소에는 여자와 몇 번 스치는지만 신경 쓰며 내 속도대로 걸었지만 이날은 본능적으로 여자를 쫓아가고 있었다. 그러다 보니 나는 걷는 길의 질서를 어기고 달리고 있었다. 내가 자꾸 중앙선을 넘나들며 추월하자 뒤에서 항의와 욕설까지 들려왔다. 그래도 나는 모른 척하고 계속 여자의 뒤를 쫓았다. 공중에서 내려다본다면 지금 트랙은 남자와 내 주변을 중심으로 질서가 붕괴되고 있을 것이다. 그런데 트랙을 반 바퀴 정도 가다 보니 이상한 일이 벌어졌다. 남자를 피해 달아난 방패연이 어느새 날개 단 여자 정수리 위에서 여자와 같은 속도로 트랙을 돌고 있었던 것이다. 연줄은 여자의 정수리에서 솟아난 가느다란 줄기처럼 곧게 서 있었고 방패연은 달리는 사람처럼 15도 정도 몸을 앞으로 기울인 채 여자와 똑같은 속도로 트랙을 돌았다. 그 모습은 여자가 방패연을 달고 뛰는 것 같기도 했고 방패연이 여자를 끌고 가는 것처럼 보이기도 했다. 나와 남자는 여자와 방패연을 따라잡으려고 속도를 냈고 둘 다 아예 걷는 길에서 달리는 선으로 넘어갔다. 여자와 방패연이 팔을 뻗으면 닿을 만한 거리까지 왔다. 남자는 여자의 정수리 바로 위를 향해 깡충깡충 뛰며 연줄을 잡으려고 했고 나는 왜 그런지도 모르는 채 펄럭이는 여자의 점퍼자락을 붙잡으려고 했다. 순간 뒤쪽에서 기합 소리까지 내며 무시무시한 속도로 달려오던 남자 무리 다섯 명이 비켜요! 비켜! 외치며 남자와 나를 추월하려고 시도했고, 그 바람에 남자와 나와 남자 무리 중 두 명이 충돌하며 앞으로 나동그라졌다. 충돌은 연쇄적이라 여자까지 넘어지고 말았는데, 하필 여자를 깔아뭉개며 넘어뜨린 사람이 바로 나였다. 트랙의 질서가 엉망이 되었다. 사람들이 쯧쯧거리며 우리를 피해 갔고 어디선가 호루라기 소리가 들리며 형광 조끼를 입은 공원 관리자가 달려왔다. 여자와 나와 남자와 러닝 크루 두 명은 서로 팔다리가 엉킨 채 트랙 바닥에 누워 신음했다. 다들 어딘가 조금씩 부러진 게 틀림없었다. 나는 여자 위로 넘어질 때 팔꿈치가 먼저 바닥에 닿았는지 오른팔이 욱신거렸다. 내 바로 옆에서 남자가 바닥에 등을 대고 누워 헉헉거렸다. 고통스럽게 신음하는 와중에도 남자는 트랙 위 하늘을 뚫어지라 쳐다보고 있었다. 거기 방패연이 점점 작아지며 높이높이 솟구치고 있었다. 남자가 신음인지 울음인지 짐승 같은 소리를 냈다. 공원 관리자가 다가와 쓰러진 사람들을 살폈다. 일어날 수 있겠느냐, 어디가 아프냐, 괜찮냐는 걱정의 말부터 왜 그러니까 규정을 지키지 않았느냐는 질책까지 관리자의 말이 한동안 이어졌다. 내 상반신 밑에 다리가 깔려 있던 여자가 나를 밀어내며 자리에서 일어났다. 여자가 두 다리를 움직여 보고 쭉 펴보고 만져 보고 하더니 괜찮으냐는 관리자의 말에 고개를 끄덕였다. 남자 옆에 쓰러져 있는 근육질 남자 두 사람이 가장 많이 다친 듯 아예 일어나지도 못했다. 관리자가 혀를 끌끌 차며 구급차를 불렀다. 남자는 어디가 가장 아프냐는 관리자의 질문에 그저 흐엉흐엉 하고 당나귀처럼 울기만 했다. 나는 오른팔에 통증을 느끼며 왼쪽 팔로 바닥을 짚고 천천히 일어나 봤다. 다행히 다리는 다치지 않은 것 같았다. 관리자가 내게 혹시 모르니 이따 구급차가 오면 같이 병원에 가자고 말하고, 여자에게도 병원에 가지 않아도 되겠냐고 물었다. 여자는 대답 대신 고개를 살짝 젓더니 내 앞에 불쑥 다가섰다. 여자가 내 눈을 똑바로 쳐다보며 또박또박 말했다.

다. 살려고. 기를 쓰고. 걷고. 뛰는 거예요. 죽으려고. 아니고. 살려고. 죽겠으니까. 살려고.

그리고 여자는 다시 트랙을 돌기 시작했다. 여자가, 여자의 날개가 트랙의 굽이를 돌아 사라졌을 때쯤 방패연도 더는 보이지 않는 곳까지 올라가 버렸다.

*

오늘은 세종대왕릉에 갔다가 재미있는 이야기를 들었어. 세종은 아버지 태종 근처에 묻히고 싶어 했대. 그래서 자신의 부인이 먼저 세상을 뜨자 태종의 능이 있는 곳에서 가까운 서북쪽에 장사를 지내고 나중에 합장하기로 했대. 그런데 세종의 묫자리를 정할 당시 유명한 풍수가가 이곳은 후손이 끊어지고 장남을 잃는 무서운 자리라고 반대를 했다지. 신하들이 망언이라고 노발대발해도 세종은 그저 웃어넘겼는데, 막상 세종이 죽은 다음 장남 문종이 즉위 2년 만에 세상을 떠나고 문종의 장남인 단종마저 비극적으로 죽는 등 대대로 왕의 장남들이 요절하자 예종은 할아버지인 세종의 능을 옮기기로 했대. 결국 오래전 그 풍수가의 말을 믿은 거지. 그래서 좋은 묏자리를 찾아다니던 중 명당을 하나 발견했는데 그곳엔 이미 오래전 우의정을 지낸 바 있는 이인손이라는 사람의 묘가 있더래. 예종은 이인손의 후손에게 자리를 양보해 달라 청했고, 왕의 청을 거역할 수 없었던 후손들은 이인손의 묘를 옮기려고 파묘를 했는데, 놀랍게도 거기 〈이 자리에서 연을 날려 보내 연이 떨어지는 자리로 이장하라〉는 지석이 나왔대. 후손들은 그 말대로 따랐는데 연이 떨어진 자리 역시 명당이어서 그 가문은 대대로 번창했대. 그리고 세종은 이인손이 묻혀 있었던 지금의 영릉으로 옮겨 갔는데, 그래도 왕실의 장남들이 계속 수난당하는 일은 막을 수가 없었대. 흔히 운명이라고 부르는 것, 사실 존재하지도 않는 미래에 붙인 이명 같은 것일 텐데, 사람들이 자꾸 거기에 기대는 게 놀랍지 않아?

*

오른쪽 팔꿈치 뼈가 거의 아물어 갈 때쯤 너에게 연락이 왔다. 너는 헤어진 후 처음으로 무덤 사진이 아닌 꽃 사진을 보내왔다. 흰색 꽃은 장미를 닮았지만 장미는 아닌 낯선 꽃이었다. 나는 왼손으로 서툴게 핸드폰을 들고 네가 보낸 꽃 사진을 물끄러미 들여다보았다. 잠시 후 문자 메시지가 도착했다.

2년 만에 치자꽃이 피었어. 죽은 줄 알았는데 살았더라고. 집 안이 치자꽃 향기로 가득해. 그리고

메시지는 이렇게 토막이 났다. 핸드폰 화면에 네가 무슨 말을 썼다 지웠다 하는지 입력 중 표시만 계속 움직였다. 표시점이 출렁이는 동안 내 마음도 같이 출렁였다. 팀장이 옆에서 크흠, 하고 헛기침을 하면서 눈치를 줬다. 코가 매웠다. 네가 보고 싶었다. 네 입으로 직접 비겁한 새끼, 나쁜 새끼, 양아치 새끼 하는 욕을 듣고 싶었다. 너와 함께 걷고 싶었다. 그곳이 무덤가라도. 죽음의 곁이라도. 날개 달린 여자의 말대로 다 죽겠으니 살려고 걷고 있으니까. 팀장이 그새를 못 참고 다시 한번 크흠, 하고 헛기침을 하는 순간 너의 두 번째 메시지가 도착했다.

이제 곧 유월이야.

나는 당나귀처럼 흐으응 하고 울음을 터뜨렸다. 팀장이 놀라 그 자리에 얼어붙고 가까운 곳에서 백색 가전을 살펴보던 고객 몇이 내 쪽을 바라보았지만, 나는 그저 허허벌판에 혼자선 짐승처럼 흐엉흐엉 울었다. 정말로 곧 유월이었다. 네가 기다려 온 계절이었다.

유령 개 산책하기
임선우

하지가 죽고 나서는 한동안 걸을 일이 없었다. 원체 걷는 것을 좋아하지 않는 데다가, 프리랜서가 된 이후로 외출할 일이 드물었으니까. 어쩌다 나갈 일이 생기면 바이크를 탔다. 작년 가을 몇 달간의 대기 끝에 구한 빨간색 헌터 커브 CT 125는 탈 때마다 마음이 가뿐해졌다.

하루 걸음 수가 연일 두 자릿수에 머물던 어느 날, 준은 영상 통화 중 나에게 얼굴이 더 동그래진 것 같아, 라고 말했다. 그날 밤 체중을 재보니 정말로 2킬로그램이 늘어 있었다. 하지와 산책하는 걸 운동이라고 생각해 본 적은 없었는데, 의외로 체중 감량에 효과가 있었구나……. 하지는 언니가 유기견 보호소에서 데려와 나한테 다시 유기한 열세 살의 영국코커스패니얼이었다. 준은 하지를 유기 유기견 혹은 달팽이 개라고 불렀는데 — 느릿느릿 걷는 데다가 자주 멈춰 섰기 때문에 — 하지가 석 달 만에 심근증으로 돌연사하자 그렇게 놀렸던 것을 무척이나 후회했다.

하지와의 산책은 귀찮으면서도 좋은 점이 많았다. 공기 냄새가 하루하루 다르다는 것, 들꽃 종류가 이렇게나 다양하다는 것, 동네 개들마다 성격도 취향도 제각각이라는 것을 나는 하지를 통해 처음 알게 되었다. 개 앞에서 다정해지는 사람들의 얼굴을 마주하는 것 또한 좋았다. 언젠가 나도 그런 얼굴로 하지를 바라본 적 있었을까? 그랬다면 좋았겠지만, 그럴 리 없었겠지. 나는 하지를 볼 때마다 언니를 떠올렸으니까.

분하게도 나의 언니는 눈치가 빠른 편이었다. 방임형 부모 밑에서 태어나는 순간 언니는 재빨리 사고 치기, 도망치기, 회피하기라는 패를 선점했다. 일 년 늦게 태어난 나는 자동으로 남은 패를 쥘 수밖에 없었다: 수습하기, 책임지기, 해결하기. 나는 스무 살 때부터 언니가 치는 사고들을 — 잦은 가출, 밀린 카드값, 다단계까지 — 수습해 왔다. 그러다가 올해 초 언니는 또다시 자신이 입양한 개를 나한테 떠넘겨 버린 것이었다! 하지를 사랑하는 건 어쩐지 언니에게 지는 것처럼 느껴져서, 나는 의도적으로 하지에게 정을 붙이지 않았다. 결과적으로는 다행인 일이었다. 하지가 갑작스럽게 세상을 떠났을 때, 충분히 사랑해 본 적 없었기에 아주 슬프지는 않았으니까. 그러나 그 밤, 나는 체중계 위에 서서 뜻밖의 미안한 감정과 더불어…… 그 늙고 커다란 개가 조금은 그리워졌다.

그리고 다음 날 아침 눈을 뜨자, 죽은 지 한 달 만에 하지가 돌아와 있었다.

*

조금 그리웠을 뿐이지 다시 만나자는 게 아니었다고! 나는 카페에 앉아 노트북 화면 너머의 준에게 소리쳤다. 나의 당혹스러움이 지구 반대편까지 전해질까? 준은 나의 가장 친한 친구로, 작년 여름 박사 과정을 밟기 위해 미국으로 떠났다. 준은 캘리포니아 신축 아파트 침대에 누워 내 얘기를 듣다가 말했다. 원래 순간의 진심이 모든 걸 뒤바꿔 놓기도 하는 법이잖아. 그 순간 네가 하지를 진심으로 그리워한 건 사실이니까…… 그래도 유령 개면 손이 덜 가지 않아?

손이야 덜 갔다. 희뿌연 유령 개가 되어 돌아온 하지는 밥을 먹거나 잠을 자지 않았으니까. 가만히 앉아 있거나, 생전처럼 느릿느릿 걷거나, 데굴데굴 굴러다닐 뿐. 굴러다닌다고? 준이 되물어서 나는 그렇다고 대답했다. 하지가 몸을 둥

그렇게 만 채로 가만히 있다 보면, 개의 형상이 스르르 지워지다 이내 동그랗고 빛나는 작은 공이 되었다. 그 상태로 하지는 집 안을 데굴데굴 굴러다녔는데, 속도가 꽤 빨라서 신나 보이기까지 했다. 그렇게 한참 굴러다니다가도 어느 순간 멈춰 서서 다시 스르르 개의 형상으로 돌아왔다. 이는 지난 사흘 동안 내가 알아낸 유령 개의 유일한 장기였다.

아무튼 굴러다니는 게 문제가 아니라…… 대체 하지한테 뭘 해줘야 할지 모르겠어. 나는 준에게 고민을 털어놓았다. 살아 있을 적 하지와 시간을 보낼 때는 할 일이 정해져 있다는 점에서 비교적 수월했다. 밥 주고 산책시키고 씻기다 보면 하루가 갔고, 어쨌거나 한 생명을 돌보고 있다는 느낌이 들었다. 그런데 유령 개가 된 하지는 어떻게 돌봐야 하는 걸까? 자기 방석 위에 앉아 있거나 느리게 걷거나 데굴데굴 구르거나, 그 세 가지 외에는 아무것도 하지 않는데. 준은 내 얘기를 가만 듣다가 물었다. 하지는 그냥 너를 다시 보러 온 게 아닐까? 네가 딱히 뭘 해주기를 바라는 게 아니라.

그렇다고 하기에는 나한테 먼저 다가오지도 않던데. 그럼 기다려 봐, 원하는 게 생기면 언젠가 티를 내겠지. 준의 말에 나는 잠시 생각하다가 입을 열었다. 문제는 내가 하지를 볼 때마다 죄책감이 든다는 거야. 유령 개도 어찌 됐든 개인데,

방치하고 있다는 생각이 들어서. 그러자 준은 하지를 산책시켜 보는 게 어떻겠냐고 했다. 먹이거나 씻기기는 힘들더라도 산책은 가능하지 않을까? 나는 웃다가 진지해졌고, 그 뒤로 준과 하지를 산책시키는 법에 대해 진지하게 논의했다. 전화를 끊기 전, 나는 테오에게 안부를 전해 달라고 했다. 테오는 준이 미국에서 사귄 타이완 애인이었다. 그럴게. 너도 다음번에 하지랑 산책이 어땠는지 얘기해 줘.

*

유령 개를 산책시키는 데 필요한 것은 무엇일까. 준과 전화를 끊고 집에 돌아와, 거실 소파에 앉아 하지를 바라보며 생각에 잠겼다. 하지는 자기 방석 위에 웅크리고 앉아 있었다. 저러다 또 공이 될라……. 생전에도 하지는 붙임성 있는 편이 아니었다. 오늘처럼 외출했다가 돌아오면 신발장 앞으로 슬쩍 나왔다가 돌아서는 정도였달까. 그래서 하지가 나에게 돌아왔다는 사실이 더욱 의아했다. 하지의 십삼 년 인생 중 나와 함께한 시간은 고작해야 백 일 남짓이었다. 설마 그 시간이 너의 삶에서 가장 편안했니? 그런 생각을 하자 마음이 아릿해져서, 나는 자리에서 일어나 하지에게 다가갔다.

조심스럽게 하지의 등에 손을 갖다 대자, 공이 되기 직전 흐릿해지던 하지의 몸이 개의 모습으로 되돌아왔다. 손에 느껴지는 감촉은 없었으나 약간의 열감이 전해졌다. 맞아, 하지는 따뜻하고 부드러웠지. 하지가 갑자기 쓰러졌던 날, 나는 하지를 안고 병원으로 달려갔었다. 달려가면서도 생각했다, 내가 이유 없이 하지를 안아 준 적이 단 한 번도 없었다는 사실을. 그러나 막상 하지를 다시 마주하게 된 지금도 하지를 덥석 끌어안기에는 어색하고 민망한 것이었다……. 우선은 산책부터 시도해 보자. 목줄을 채울 수도, 옷을 입히거나 신발을 신길 수도 없지만, 하지와 산책을 가자.

　하지는 산책 가자는 내 말에 기다렸다는 듯 몸을 털고 일어났고, 나 역시 오랜만에 편한 운동화를 꺼내어 신었다. 현관문을 열자 쏟아지는 유월의 햇빛. 빛이 닿는 순간 하지가 사라지지 않을까 걱정했으나 기우였다. 유령 개의 몸은 햇빛을 받자 반짝반짝 빛나서, 그 어느 때보다 생기 있어 보였다. 데굴데굴 굴러다닐 때보다도 훨씬 더!

　하지와의 산책은 기본 코스와 스페셜 코스 두 가지로 나뉘어 있었는데, 기본 코스가 동네 한 바퀴를 도는 것이었다면 스페셜 코스는 탄천에도 가고 카페에도 들렀다 오는 식이었다. 오늘은 하지가 돌아온 기념으로 하는 첫 산책이니 스페셜 코스로 선택했다. 유령 개는 목줄 없이도 이전처럼 내 옆에서 일정한 간격을 두고 걷다가 마음이 가는 곳에서 멈춰 섰다. 우체통과 가로등 밑, 풀숲과 느티나무 아래……. 전에는 그곳에 서서 냄새를 맡았다면, 지금은 냄새 대신 기억을 더듬는 듯했다. 멈춰 서 있는 시간이 길어질수록 하지의 몸은 약간 더 투명해지거나 혹은 약간 더 선명해졌다. 둘은 무슨 차이일까? 곰곰 생각하다 보니 알 것도 같았다. 내가 나인 것을 잊게 만드는 기억이 있는 한편, 내가 나라는 것을 더욱 선명하게 해주는 기억이 있지…….

하지와 느릿느릿 걷다가 때때로 멈춰 서기. 눈앞의 풍경을 조금씩 바꿔 가며 목적지 없이 동네를 돌아다니기. 오랜만에 하는 산책은 예상외로 무척 좋았지만, 한 가지 문제가 있었다. 하지가 다른 사람들 눈에 보이지 않는 탓에 내가 수상해 보인다는 것이었다. 사람들 눈에 비친 나는 아무런 이유 없이 길거리에서 자꾸만 멈춰 서는 사람이었다. 처음에는 신발 끈을 묶는 척해 보고, 급하게 전화받는 척도 해보았지만 소용없었다. 달팽이 개는 너무나 자주 멈춰 섰다.

조금 민망하지만 뭐 어때. 다른 이들 눈에 보이지 않을 뿐, 하지는 이렇게나 내 곁에 있다. 무엇보다 하지와 같은 풍경을 눈에 담고 같은 속도로 걸으면서, 나는 그제야 여름이 왔다는 사실을 깨달았다. 하지의 기일은 4월의 마지막 날이었고, 오늘은 6월 10일. 내가 작업에만 몰두해 있던 사이 바깥에는 무슨 일이 일어났던 걸까? 주위를 둘러보자 사방이 짙은 초록으로 무성해져 있었다. 하지와 처음 맞이하는 초여름 들꽃들과 허리까지 자라난 갈대들. 어쩌면 나의 5월이 그토록 버거웠던 이유는 이것들이 없었기 때문인지도 몰라. 그런 생각을 하며 하지가 생전에도 좋아하던 탄천의 커다란 느티나무 아래 서 있을 때였다. 별안간 하지가 공으로 변하더니 경사진 둔치를 빠르게 굴러 내려가기 시작했다.

하지! 나도 모르게 소리치자 지나가던 사람들이 놀란 눈으로 나를 쳐다보았다. 개의치 않고 하지를 쫓아 달려갔으나 공이 된 유령 개는 도무지 따라잡을 수 없을 만큼 빨랐다. 공은 둔치를 지나서 강물 위를 한달음에 가로지르더니, 건너편에 펼쳐진 너른 잔디밭으로 굴러갔다. 잔디밭에 뛰어든 하지는 이리저리 구르다가 공중으로 높이 솟구쳤고, 다시 쏜살같이 내려와 풀밭에 안겼다. 그 순간만큼은 탄천의 풍경이 오로지 하지만을 위해 존재하는 듯했다. 초여름날 오후, 하지는 강물의 윤슬보다, 자라나는 푸른 잔디보다 더 반짝반짝 빛이 났다. 한참을 풀밭에서 놀던 하지가 다시 강물 위를 굴러서 유령 개의 모습으로 내 곁에 돌아왔을 때, 나는 아낌없이 칭찬을 건넸다. 멋지다, 하지! 정말 잘했어!

대단한 산책을 마치고 집에 돌아왔을 때, 하지는 방석 위에 그대로 뻗어 누웠다. 그동안 나는 콩국수를 만들어서 평소보다 이른 저녁을 먹은 다음, 준에게 전화를 걸었다. 유령 개와의 산책에 관해 들려주고 싶은 얘기가 많았다. 그러나 준은 전화를 받지 않았다. 뒤늦게 시간을 확인해 보니 캘리포니아는 새벽 2시가 훌쩍 넘어 있었다. 이런…….

*

다음 날 오전에도 하지와 함께 탄천을 걸었다. 출근 시간이 지나서 한적했던 터라, 하지의 움직임 역시 어제보다 자유로웠다. 하지는 오늘도 느티나무 앞에서 공으로 변해 강 건너 잔디밭으로 갔다. 어제 그렇게 했던 것이 꽤 마음에 들었나 보다……. 나는 나무 그늘에 앉아서 그런 하지를 바라보다가 별안간 두 눈을 비볐다. 내가 보고 있는 것이 맞다면, 아무래도 저 고양이 두 마리의 눈에 하지가 보이는 듯했다. 한가로이 잔디밭을 거닐던 고양이들은 하지가 뛰어들자마자 놀란 듯이 펄쩍 뛰어올랐고, 하지의 움직임에 따라 고개를 이리저리 움직였다. 너희 지금 하지를 보고 있는 거지? 그런 거지?

고양이들이 멀리 달아난 뒤에도 한동안 심장이 빠르게 뛰는 것은, 하지가 나만의 착각이나 환상이 아니라는 사실을 확인받은 데서 오는 기쁨 때문이었다. 하지와의 산책은 좋으면서도 마음 쓰이는 부분이 많았다. 목줄 없이 걷는 하지가 혹여나 사라져 버릴까, 사람들에게 치이거나 밟히지는 않을까, 눈을 뗄 수가 없었다. 오랫동안 존재해 왔고 지금도 존재하는 하지를 나 외에 아무도 보지 못하는 세상은 정말 이상하지. 하지와 걸을 때면 이제까지 알던 세상이 조금은 달리 보였다. 조금 더 아름다워지는 동시에 조금 더 쓸쓸해지는, 그런 세계.

유령 개가 한참 만에 느티나무 밑으로 돌아왔을 때, 나는 조용히 물었다. 하지야, 왜 나에게 돌아왔니? 왜일까, 왜 돌아왔을까, 생각하면서 걷다가 카페에 도착했다. 어제도 그제도 방문했던 집 근처의 작은 카페. 삼 년 전, 언니와 절연할 결심을 하고 이사 온 이 동네에서 가장 먼저 정붙인 곳이 바로 여기였다. 베이글과 쿠키를 팔아서 간단히 식사하기에도 좋았고, 작업하거나 준과 통화를 하기에도 적당한 곳이었다. 카페 주인의 적당한 무심함 역시 마음에 들었다. 그는 인사 외에 나에게 따로 말을 걸지는 않았지만, 하지와 함께 들를 때면 언제나 하지 몫의 사과 조각을 따로 챙겨 주었다.

날이 좋아서 테라스 자리에 앉았다. 크림치즈 베이글을 먹으면서 하지와 지나가는 사람들을 구경하는 오전 10시 반, 이 시간에 길을 걷는 사람들의 목적지는 어디일까? 이들의 걸음걸이는 오전 8시 행인들과 다르고 오후 4시 행인들과도 다르다. 옷차림 역시 오전 8시 행인들에 비해 다채롭다. 저들은 오늘 어떤 하루를 보낼까? 누구를 만나 무슨 이야기를 주고받을까? 하루 동안 짓는 웃음 중 얼마만큼이 진짜일까? 와중에 하지가 테이블 위를 기웃거려서, 나는 조용히 속삭였다. 미안하다, 하지. 오늘은 사과가 없어.

이십 대 때 팔 년간 간호사로 근무했던 대학 병원에서는 창밖을 보기가 힘들었다. 퇴사하고 가장 먼저 했던 일은 커다란 통창이 있는 카페에 종일 앉아 있는 것이었다. 아무도 나에게 말 걸지 않는 곳에 앉아서 서서히 밝아지고 서서히 어두워지는 빛을 며칠이고 바라보았다. 그러다 하루는 애인과 언니를 각각 따로 카페에 불러냈다. 이제 그만하자고, 나는 두 사람에게 말했다. 애인과는 결혼할 자신이 없었고 언니에게는 더 부칠 돈이 없었다. 그날 이후로 애인은 다시 본 적 없지만, 언니와는 삼 년 뒤에 다시 마주했다. 집에서 그림 그리던 중 초인종이 울려서 나가 보니 언니가 검은 개 한 마리와 서 있었던 것이었다.

여기는 어떻게 알고 왔어? 나는 침착하게 물었다. 엄마가 알려 줬지. 언니는 아무렇지 않게 대답했다. 주소를 알려 주지 말라고 그토록 당부했는데 전혀 소용없었구나. 나는 속으로 생각했다. 언니는 이번에 엄마 집으로 들어가게 됐는데, 엄마가 개를 반대한다고 했다. 그래서? 그래서 네가 하지를 잠깐 맡아 줬으면 해. 보증금을 다시 모을 때까지만 부탁할게. 나는 언니 옆의 검은 개를 바라보았다. 한눈에 봐도 나이든 개는 전부 체념한 듯한 얼굴로, 미동조차 없이 앉아 있었다.

언니는 내 침묵을 긍정의 신호로 받아들였는지 주절주절 말을 이어 갔다. 순해서 짖지도 않아. 유기견을 데려왔는데 다시 유기할 수는 없잖아. 몇 달 뒤에 꼭 데리러 올 테니까 한 번만 부탁해. 언니는 여전하구나. 나는 생각했다. 삼 년의 공백이 무색할 정도로 여전히 갑작스럽고, 막무가내이고, 내 안부에는 관심이 없고. 나는 그런 언니를 가만 응시하다가 대답했다. 싫어.

그러면 애를 버릴 수밖에 없어. 언니가 말했다. 그렇게 해. 내가 대답했다. 삼 년 전에 얘기했잖아. 앞으로 언니가 일으키는 문제의 책임은 전부 언니 몫이라고. 다시는 여기 찾아오지 않았으면 해. 그 말을 끝으로 나는 현관문을 닫았다. 심장이 미친 듯이 뛰었다. 대체 어떻게 살았길래 저 나이에 그토록 증오하던 엄마 집으로 다시 들어간다는 걸까? 그나저나 그 검은 개와는 괜히 눈을 마주친 듯했다. 개의 울적한 얼굴이 뇌리에 남아 버렸다.

겨우 마음을 가라앉히고 작업에 집중할 때쯤 또다시 초인종이 울렸다. 여태 안 가고 문 앞에 서 있었던 걸까? 무시하고 다시 작업하려는데, 뜻밖에도 옆집 아저씨 목소리가 들려왔다. 현관문을 여는 순간 나는 또다시 언니한테 당했음을 깨달았다. 언니는 현관문 문고리에 개를 묶어 두고 도망가 버린 것이었다. 추운 바깥에서 한 시간이 넘도록, 개는 한번 짖지도 않고 내내 나를 기다리고 있었다.

하지, 혹시 언니가 보고 싶지는 않아? 내 물음에 하지는 나를 가만 응시하다가 고개를 돌렸다. 아무래도 그렇지? 나도 언니가 보고 싶었던 적은 없어. 문득 준이 생각나서 전화를 걸어 보았지만, 이번에도 받지 않았다. 많이 바쁜 걸까? 잠시 뒤 전화가 울려서 확인해 보니 준이 아니라 담당 편집자였다. 초파리 날개가 너무 사실적이어서 징그러우니 수정해 달라는 것이었다. 나는 한동안 테이블 위에 엎드려 있다가 정신을 차렸다. 일어나, 하지. 집에 갈 시간이야.

집에 와서 하지에게 사과를 깎아 준 다음 작업에 돌입했다.

정작 하지는 사과에 별 관심이 없어서 내가 다 먹어 버렸지만…… 나는 삼 년째 웹 소설 표지 일러스트레이터로 일하고 있었다. 장르는 대부분 로맨스 판타지. 주로 인물들을 그렸는데, 운 좋게도 간호사로 일할 때보다 많은 돈을 벌고 있었다. 내가 그리는 인물들은 복수하다가 사랑에 빠지고, 빙의되어서도 사랑에 빠지고, 심지어는 죽어서조차 사랑에 빠졌다. 이번에 맡은 작업에서는 초파리로 백 번의 삶을 살아야만 본래의 몸을 되찾을 수 있는 여자 주인공이 등장했는데, 쉰여섯 번째 삶에 이르자 남자 주인공은 결국 초파리인 그녀에게조차 사랑을 느끼게 되었다.

일생일대의 사랑에 빠지고, 그 사랑으로 모든 고난을 이겨내며 결국 행복해지는 인물들. 그런 이야기들을 수백 번씩 반복해서 듣다 보면 내 뇌와 심장이 지푸라기로 이루어진 것은 아닌지 의심하게 되었다. 사랑을 위해 무언가를 그토록 무릅쓰는 게 정말 가능할까? 내 이십 대의 전부를 언니에게 바쳤던 것은 사랑이 아닌 책임감 때문이었다. 더 솔직하게 말하자면, 내가 부모나 언니와는 다른 인간이라는 것을 증명하고 싶어서였을지도. 사 년간 만났던 애인 역시 한동안은 이별을 받아들이지 못했지만, 내가 그동안 모은 돈이 한 푼도 없는 것은 물론 퇴직금마저 언니 빚을 갚는 데 썼다고 고백하자 더는 붙잡지 않았다. 나는 그를 완전히 이해했다. 이후로도 몇 번의 연애가 있었지만, 사랑받는 일은 여전히 어색했고 사랑을 쏟을 여력은 갈수록 부족해졌다. 다시 말해 나는 아주 재미없는 어른이 되었다.

그렇지만 초파리 여자는 나와 다르지. 아흔아홉 번을 죽더라도 백 번째 역시 온 마음을 다해 사랑을 한다. 그래, 그런 인물을 위해서라면 기꺼이 더 아름다운 날개를 그려 줄 수 있었다. 나는 기존의 투명한 곤충 날개를 지우고 아름다운 날개를 그려 넣었다. 하지가 거실과 부엌을 데굴데굴 굴러다니는 동안 식탁에 앉아 작업을 이어 갔고, 어느 순간 보니 하지가 식탁 밑에 엎드린 채 잠들어 있었다. 나는 그런 하지를 물끄러미 내려다보았다. 계속 보다 보면 조금씩 선명해지는 것 같아. 하지, 우리 내일도 산책 갈까? 다른 동네로 가서 새로운 길을 걸어 볼까? 잠든 줄 알았던 유령 개는 내 말을 듣고 있었는지, 희미한 꼬리를 붕붕 흔들었다.

*

다음 날 아침 그림 속 여자의 모습은 초파리보다 팅커 벨에 가까워져 있었고, 편집자는 만족해했다. 일을 끝냈으니 이제

가벼운 마음으로 — 하지, 산책 가자. 하지는 관절이 약한 데 다가 중형견이어서 이동이 쉽지 않았는데, 이제는 마음만 먹으면 어디든지 갈 수 있을 것이었다. 내친김에 하지, 바이크 태워 줄까?

완전히 무리였다……. 하지는 바이크에 올라오지 않았다. 안고 태우려고도 시도해 보았으나, 자꾸만 품속에서 스르르 빠져나왔다. 하기야 라이딩 도중 하지가 바람에 날아가 버리기라도 하면 무척 곤란할 것이었다. 그럼 같이 마을버스를 타 볼까? 도전해 보았지만 이것도 역시 실패. 그래, 기껏 저승에서 돌아왔는데 하기 싫은 것을 강요해서는 안 되겠지. 이런저런 시도 끝에 기운이 빠진 나머지 오늘은 이만 돌아가기로 했다.

집으로 가는 길에 하지는 빵집, 우체통, 자신을 예뻐해 주던 주인이 있는 분식집, 그리고 중국집에서 멈춰 섰다. 그것은 다시 말해 내가 빵집 우체통 분식집 중국집 앞에 한없이 서 있었다는 뜻이었다. 왜 하필이면 먹을 것들 앞에서만…… 그렇지만 하지야, 너를 위해서라면 이 정도 추잡해지는 것쯤 이야 감수할 수 있단다. 중국집을 기웃거리던 하지가 마침내 걸음을 뗐을 때, 나는 반가웠던 나머지 한 가지 사실을 간과했다. 그것은 바로 중국집 앞 모퉁이를 돌면 하지가 죽음을 맞이했던 동물병원이 나온다는 것. 동물병원 간판을 맞닥뜨렸을 때는 뒤돌아갈까 했지만, 하지는 이미 자신이 어디에 와 있는지 알고 있었다.

하지는 나를 앞지르더니 병원 입구로 향했다. 안으로 들어가려나 싶었지만 그러지는 않았고, 대신에 아주 흐릿해지기 시작했다. 한낮의 햇빛 아래 잘 보이지 않을 정도로 형체가 흐릿해졌을 때 나는 하지야, 하고 불렀다. 바닥에 쪼그려 앉아 하지와 눈을 맞추려고 했다. 하지의 얼굴은 알아볼 수 없을 정도로 희미해져 있었지만, 하지는 내 눈을 바라볼 수 있겠지. 하지는 지금 무슨 생각을 하고 있을까? 이대로 사라지고 싶은 걸까?

두 다리가 저릴 때쯤 하지는 서서히 원래의 선명함을 되찾아갔다. 안도감이 드는 동시에 마음이 복잡해졌다. 하지가 사라지도록 두어야 했을까? 하지가 이곳에 남아 있는 것이 과연 하지에게도 좋은 일일까? 그렇지만 나의 혼란과 불안이 하지에게 전염되지 않도록, 나는 최대한 내색하지 않았다. 미안해, 하지. 많이 놀랐겠다. 나는 조용히 사과했다.

이렇게 어쩔 줄 모르겠을 때면 준이 떠오른다. 열여덟 살 때부터 준과는 무슨 얘기든지 할 수 있었다. 준과 있으면 세상은 덜 무서운 것이 되었다. 덜 무섭고, 덜 나쁘고, 덜 쓸쓸한 것. 그렇지만 준에게서는 여전히 아무 연락이 없다. 준에게 무슨 일이 생긴 걸까?

*

다음은 준과 연락이 닿지 않는 동안 하지와 산책했던 날들의 기록이다.

6월 13일 18:46

하지가 한 오피스텔 정문 앞에서 꼼짝도 하지 않는다. 오 분 정도 지나자 경비원이 나에게 다가와 말을 걸었다. 어디 방문하러 오셨어요? 그런 건 아닌데요……. 여기 앞에 서 계 시면 안 됩니다. 알겠습니다, 하고 나는 하지를 흘긋 바라보며 속으로 말을 건넸다. 들었지? 이제 가자. 그러나 하지는 돌처럼 굳은 채 전혀 움직이지 않았다. 안 된다니까요. 경비원이 나를 재촉하기 시작했다. 네, 알겠습니다. 가세요. 네. 가시라니까요. 네…….

이제는 정말 하지를 두고 가야겠다고 마음먹었을 때, 하지가 움직였다.

6월 14일 17:12

하지는 원래 내 옆, 그러나 반걸음 뒤에서 나를 따라 걷곤했다. 그러나 오늘 하지는 가야 할 곳을 미리 정해 둔 것처럼 앞장서서 걸었다. 어어, 지금 어디 가는 거야, 하면서도 나는 하지를 따라서 동네를 걸었다. 단골 카페를 지나치고, 아파트 단지 놀이터를 지나쳐서, 하지가 도착한 곳은 어제의 오피스텔 앞. 너 정말 이러기야…….

그러다 불현듯 어떤 생각이 떠올랐다. 주변에 아무도 없는 것을 확인한 다음, 나는 하지에게 나지막이 물었다. 설마 쿠키 보러 온 거야? 하지는 대답하지 않았지만, 어제의 그 경비원이 다가왔을 때 나는 자신 있게 말했다. 이 오피스텔에 코커스패니얼 키우는 여자분 있죠? 커다란 갈색 강아지 말이에요. 저는 그분을 보러 온 거예요. 그러자 경비원은 약속을 정하고 온 것인지 물었다. 아니요, 그런 건 아니에요. 약속도 없이 무작정 찾아오시면 어떡합니까. 약속을 정하고 오셔야지. 그가 쌀쌀맞게 말했고, 나는 잠깐 망설이다가 대답했다. 혹시 그분한테 내일 저녁 7시에 쿠키를 데리고 이곳에 나와 달라고 전해 주실 수 있나요? 하지 누나라고 하면 아실 거예요.

6월 14일 17:18

집으로 돌아가는 길, 빗방울이 툭툭 떨어지더니 이내 굵은 빗줄기로 바뀌었다. 삼 분이면 집까지 달려갈 수 있을 테지만 문제는 하지였다. 유령인데 왜 이렇게 느린 거야, 생각하면서 하지를 바라보자 빗방울이 하지의 몸을 그대로 통과해 바닥으로 떨어지고 있었다. 젖을 걱정은 없지만, 그렇지만.

두 손으로 하지를 안아 올리자 갓 구운 빵을 품에 안은 듯 유령 개의 온기가 전해졌다. 나는 하지가 비 맞지 않도록 단단히 감싸안은 채 집을 향해 빠르게 뛰어갔다. 예상치 못했던 빗속의 달리기, 무척 기분 좋아!

6월 15일 19:00

하지와 오피스텔 정문 앞에 나란히 서 있었다. 관리실에 있던 경비원과 눈을 마주치자 짧게 묵례를 주고받았다.

6월 15일 19:02

오피스텔 출입문이 열리고 쿠키가 나왔다. 오랜만이야, 쿠키! 그런데 하지와 쿠키의 만남을 성사하는 데 집중하느라 쿠키 보호자와 나의 어색한 관계에 대해 미처 생각하지 못했다. 쿠키 보호자와는 하지를 산책시키며 우연히 만났다. 산책 시간이 겹치는 데다가 하지와 쿠키가 유독 친해져서, 둘이서

노는 동안 여자와 몇 번 대화를 주고받은 적이 있었다. 그러나 서로 연락처조차 모르는 데다가, 지금 하지는 눈에 보이지도 않으니, 다짜고짜 자신과 쿠키를 불러낸 내가 얼마나 이상해 보일까?

그러나 쿠키가 하지를 보는 순간 지나치게 흥분하는 바람에 나는 입을 뗄 겨를조차 없었다. 애가 왜 이래. 쿠키 주인은 몹시 당황스러워하며 쿠키를 진정시키려 했으나, 쿠키보다 더 신난 쪽은 하지였다. 하지는 최단 시간 안에 공으로 변하더니 쿠키 주변을 통통 튀어 다녔고, 쿠키는 그런 하지를 잡기 위해 뛰었다. 쿠키 눈에도 하지가 보이는구나! 감격한 나머지 가슴속에서 뜨거운 기운이 올라왔다. 난장판 속에서 나는 정신을 차리고 쿠키 보호자에게 인사했다. 그동안 잘 지내셨어요?

우리는 개들을 데리고 동네 공원의 반려견 놀이터로 향했다. 날씨 좋은 봄날 하지와 쿠키가 목줄을 풀고 함께 놀던 곳이었다. 네 살 쿠키는 노령견인 하지를 배려해서 둘이 있을 때는 덩달아 얌전해지는 편이었는데, 오늘만큼은 전혀 달랐다. 갑자기 왜 저러는 걸까요? 산책도 매일 시켜 줬는데. 쿠키 주인은 미친 듯이 뛰어다니는 자기 개를 망연하게 바라보며 말했다. 당신의 개는 저의 유령 개와 쫓기 놀이를 하는 중이

랍니다…… 말해 주고 싶었지만, 대신에 나는 쿠키가 건강해 보여서 좋다고 했다.

저를 보자고 하신 이유가 있나요? 벤치에 앉았을 때 여자가 나에게 물었다. 아, 네, 그게요……. 나는 한참 동안 말을 잇지 못했다. 뭐라고 둘러대야 할지 생각이 나지 않았다. 그런데 별안간 여자가 다시 입을 열었다. 다 이해해요. 하지 생각이 나서 쿠키가 보고 싶으셨던 거죠? 네, 맞습니다. 정확히 그렇습니다. 나는 얼간이처럼 중얼거렸다. 그러자 여자는 이리저리 뛰어다니는 쿠키를 바라보며 말했다. 저도 쿠키 없는 삶을 상상하면 무척 두려워져요.

이 순간에도 하지는 아주 가벼운 공이 되어서 이 끝에서 저 끝까지 커다란 포물선을 그리며 날아오르고 있었다. 그 뒤를 쿠키가 매번 재빠르게 뒤쫓았다. 오랫동안 뛰놀던 두 개가 벤치로 돌아왔을 때 나는 우선은 하지를, 그다음에는 쿠키의 이마를 잘했다며 쓸어내려 주었다. 쿠키를 쓰다듬을 때는 단단하면서도 부드러운 감촉에 조금 놀랐다. 맞아, 살아 있는 개를 쓰다듬는 것은 이런 느낌이었지. 지칠 때까지 뛰었는지, 이토록 숨차 하는 쿠키를 보는 것은 처음이었다. 하지 역시 개의 모습으로 돌아와서 바닥에 엎드려 있었다. 그랬구나, 하지. 쿠키와 이렇게 뛰어놀아 보고 싶었구나.

헤어지기 전 나는 여자와 번호를 교환했다. 앞으로 종종 만나요. 여자의 말에 나는 좋다고 대답했다. 여자와는 전부터 친구가 되고 싶었다. 쿠키를 바라보는 여자의 눈빛에는 언제나 사랑이 묻어났고, 쿠키를 대하는 손길에서는 섬세한 배려가 느껴졌다. 무엇보다 여자는 제빵사였는데, 나에게는 빵을 좋아하는 사람은 좋은 사람이라는 알 수 없는 믿음이 있었다.

6월 16일 07:00

간만에 눈이 일찍 떠졌다. 하지와 동네를 걸으면서 새삼스럽게 좋다고 생각한다. 한 발 한 발 내디딜 때마다 그만큼씩 새로운 풍경이 펼쳐진다는 것. 이곳에서 저곳으로, 멈춰 있던 곳에서 떠나 어딘가에 닿을 수 있다는 것. 계속해서 걷다 보면 가벼워지는 몸, 마음, 그리고 그보다 더 가벼운 나의 유령 개. 우리의 무거움은 어디로 떠나 버린 걸까? 나는 세상에서 가장 낙관적인 사람이 된다.

6월 16일 07:35

카페에 앉아 커피를 마시고 있을 때였다. 카페 주인이 나에게 다가와 사과가 담긴 접시를 건네주며 보여요, 라고 말했다. 뭐가요? 당황한 내가 되묻자 그는 하지가 보인다고 대답했다. 지난번에는 흐릿해서 긴가민가했는데 오늘은 또렷하네요.

카페 주인의 말은 사실이었다. 몸을 동그랗게 말고 잠들어 있던 하지가 사과를 보고 일어나서 냄새 맡는 모습까지, 그는 내가 말하지 않아도 다 볼 수 있었다. 개와 고양이는 그렇다 쳐도 다른 사람 눈에 하지가 보인다니, 대체 어떻게 된 일일까? 정작 카페 주인은 놀랄 일도 아니라는 듯 덤덤하게 덧붙였다. 마음을 쓰면 다 보여요.

저한테 마음을 쓰셨어요? 내가 묻자 그는 처음으로 당황한 듯했다. 네, 저도 나이 든 개를 키웠었거든요. 아, 마음을 썼다는 쪽이 내가 아니라 하지였구나…… 무척 민망했지만 꿋꿋이 대화를 이어 갔다. 저 아닌 다른 사람이 하지를 본 건 그쪽이 처음이에요. 그러자 카페 주인은 내 맞은편에 앉으면서 대답했다. 저도 얘기만 들었지, 제대로 보는 건 처음이에요. 유령 개 얘기를 어디서 들었는데요? 버스 정류장에서요.

이 년 전쯤이었나, 카페 주인은 버스를 기다리던 중 기이한 행동을 하는 중년 여성을 보았다고 했다. 허공을 양손으로 쉼 없이 어루만지던 여자. 버스 정류장에는 두 사람뿐이었기에 그는 경계 차원에서 여자를 주시했다. 그런데 별안간 여자가 두 손을 무릎에 내려놓더니 그에게 말을 걸어왔다. 신경 쓰였죠? 미안해요. 예상외로 여자의 목소리는 차분했다. 실은 제가 여기에 있거든요. 십칠 년을 저랑 살다가 죽은 지 열흘 만에 다시 돌아왔는데, 다른 사람들 눈에는 안 보이나 봐요.

미쳤지만 곱게 미친 편이다……. 카페 주인이 속으로 생각하던 찰나 여자는 말했다. 가끔 미쳤다는 오해를 받기도 하지만 상관없어요. 저는 아주 좋은 시간을 보내고 있거든요. 잠깐만 손을 앞으로 뻗어 보시겠어요? 여자의 말을 거절할 수 없어서 그는 허공에 대고 오른손을 뻗었다. 잠시 뒤 따뜻함이, 인간의 체온보다 약간 더 높은 온기가 손바닥으로 전해졌다. 그는 중년 여성과 눈길을 주고받았다. 잠시 뒤에 여자가 이리 와, 라고 말하자 온기는 순식간에 사라졌다. 그 순간, 일 초도 안 되는 짧은 시간이었지만, 카페 주인의 눈에 흐릿하게나마 개의 뒷모습이 보였다. 커다랗고 북슬북슬해 보이는 개였다. 당신 눈에도 잠깐 보였나요? 놀란 기색을 눈치챈 여자가 물었다. 그가 고개를 끄덕이자 여자는 말했다. 그건 당신이 방금 나한테 마음을 썼다는 증거예요.

얼마 지나지 않아 여자의 버스가 먼저 도착했다. 버스에 탈 때도 여자는 개를 먼저 태우기 위해 잠시 기다렸고, 떠나는 버스를 향해 카페 주인은 자신도 모르게 손 인사를 했다고 했다. 그 뒤로 그분을 다시 만난 적은 없지만, 유령 개의 존재는 믿게 되었어요. 그분이 떠나기 전 보여 준 휴대 전화 배경 화면에는 정말로 커다랗고 북슬북슬한 개 사진이 있었거든요.

놀라운 이야기를 듣자 안도감이 드는 동시에 약간은 울컥했다. 얘기 들려줘서 고마워요. 그렇게 사랑받으며 살았던 개가 돌아왔다는 얘기를 들으니 마음이 놓여요. 카페 주인은 나에게 휴지를 뽑아 건네주었다. 실은 걱정하고 있었거든요. 하지가 돌아온 이유가 지난번 생에 미련이 많아서 그런 것은 아닐까 해서요. 생전에 제가 하지를 사랑해 주지 못했어요. 그는 나에게 괜한 걱정이라고 말해 주었다. 개들을 너무 무시하지 말아요. 자신을 사랑해 주지도 않는 사람에게 함부로 돌아올 만큼 미련하지는 않으니까요. 그렇지만, 하고 내가 말을 이어 가려 하자, 그는 나에게 포크로 찍은 사과를 건네주었다. 무결한 사랑이 세상에 어디 있겠어요.

카페 주인에게는 사람 마음을 놓이게 하는 능력이 있구나. 중년 여자가 초면에 유령 개 이야기를 털어놓은 것도 조금은 이해가 갔다. 마음이 놓인 것은 하지도 마찬가지였는지, 사과가 담긴 접시 앞에서 평소보다 흐릿해지고 있었다. 카페에서 사과를 먹던 기억이 좋았나 보다, 나는 속으로 생각했다. 하지는 무엇을 위해 돌아온 걸까요? 문득 생각나서 물어보자, 카페 주인은 덩달아 고개를 갸웃거리더니 대답했다. 글쎄요.

저는 그 반대를 오래 생각했어요. 왜 나의 개는 돌아오지 않았을까, 하고요.

6월 17일 19:10

하지와 편의점에 라면을 사러 가는 길이다. 새로 맡은 작업의 마감이 빠듯해서 저녁을 차릴 여유가 없다. 그나저나 준에게서는 아직 연락이 없다. 내가 남긴 메시지도 닷새 넘게 읽지 않았다. 나는 세상에서 가장 걱정스러운 사람이 된다.

6월 18일 20:22

고양이는 대단하다! 하지가 탄천에서 삼색 고양이한테 쫓겼다. 덤불 속에서 나타난 삼색 고양이는 하지를 향해 하악질을 하더니, 맹렬히 뒤쫓기 시작했다. 하지는 잽싸게 공으로 변해서 내 정수리 위로 폴짝 올라와 앉았다. 고양이가 주춤거리다 이내 물러서자, 하지도 슬금슬금 바닥으로 내려왔다. 유령 체면이 말이 아니네, 하지.

6월 19일 06:12

잠결에 준의 전화를 받았다. 구 일 만의 연락이었다.

*

다음은 이른 아침 준과의 통화 내용이다.

무슨 일 있었어? 자다가 깨서 잠긴 목소리로 내가 물었다.
미안, 휴대 전화가 박살 났었어. 준은 수리받자마자 전화한
것이라고 대답했다. 걱정했었다는 내 말에 준은 무슨 일이 있
긴 있었다고 했다. 테오에게 남자 친구가 있었어. 나는 침대
에서 벌떡 일어나 앉았다. 뭐라고?

준은 테오가 바이인 것은 알고 있었지만, 육 년이나 된 남
자 친구가 있었다는 사실은 몰랐다고 했다. 너랑 마지막으로
전화했던 날 타이완에 있던 남자가 테오 아파트로 찾아왔었
어. 그날 돌아온 게 하지뿐만이 아니었구나…… 나는 속으로
생각했다. 걱정하게 해서 미안. 학교에서 괜찮은 척하느라
에너지를 다 쓰고 나면, 그 외의 시간에는 한마디도 할 수 없
었다고 준은 말했다. 나는 이해한다고 했다. 혼자 감내해야만
지나올 수 있는 시간이 있는 법이니까. 어쨌거나 준은 테오와
의 관계를 정리했고 물건들도 처분했지만, 애매하게 남은 것
이 하나 있다고 했다. 그게 뭔데? 화초.

언젠가 함께 아프리카 여행을 가자고 약속하면서 테오와

144

미니 바오바브나무를 키웠다는 것이었다. 마음 같아서는 당장 내다 버리고 싶은데, 그러기에는 살아 있는 거니까. 누군가에게 줘버리는 건 어때? 내가 묻자 준은 글쎄, 하고 생각에 잠긴 듯하더니 돌연 테오에 관한 울분을 쏟아 내기 시작했다. 한참을 쏟아 내던 준은 갑자기 헙, 하고 숨을 들이켰다. 왜 그래? 놀란 내가 물었다. 너랑 얘기하다가 홧김에 바오바브 이파리를 절반도 넘게 뜯어 버렸어.

끈적끈적한 수액 때문에 손이 지저분해졌다고 준은 말했다. 그렇게라도 네 마음이 풀렸다면야, 라고 말했지만 준은 딱히 그렇지도 않다고 했다. 그보다 이제 다른 생각을 하고 싶어…… 하지는 어떻게 지내? 정신 없는 와중에도 계속 궁금했어. 나는 최근에 하지와 매일 산책하고 있다고 대답했다. 준은 반가워하면서 유령 개와 산책하는 건 어떤지 물었고, 나는 곰곰 생각하다가 좋다고 대답했다. 좋기만 한 일 같은 것은 세상에 없는 줄 알았는데, 하지랑 산책하는 일은 정말 그래. 마냥 좋아.

다만 여전히 모르겠어. 내가 하지에게 무엇을 해줄 수 있는지. 내 말에 준은 그런 질문은 무의미할지도 모른다고 대답했다. 좋기만 한 시간 속에서 자꾸만 너의 쓸모를 찾아서 무엇해. 정 그러면 너의 행복이 너의 쓸모라고 생각해 봐. 네가 행복한 만큼 하지도 행복할 테니까. 그러더니 준은 좋기만 한 것, 하고 중얼거렸다. 열흘 전까지만 해도 테오가 나한테 그런 존재였는데.

인생은 참 이상하지. 좋기만 하다가 나쁘기만 할 수도 있다는 게. 준의 말에 나는 그렇다고, 정말 이상하다고 대답했다. 잠시 뒤 나는 준에게 어느 날 테오가 유령으로 돌아온다면 어떻게 할 것인지 물었다. 그게 지금 할 소리야? 미안, 갑자기 궁금해졌어. 그런데 뜻밖에도 준은 기쁠 것 같다고 대답했다. 정말? 응. 일단은 죽었다는 얘기잖아. …….

준의 오후 세미나 일정 때문에 전화는 이내 끊겨졌다. 나는 아마존 웹사이트로 들어가서 준의 캘리포니아 아파트 주소로 레더라 초콜릿 한 상자를 주문했다. 초콜릿은 우울과 분노의 특효약, 절대로 실패하는 법이 없었으니까.

*

유령 개로 살아가는 일이 쓸쓸하지 않을까 했던 나의 우려와는 달리, 하지는 여기저기서 사랑받는다. 오전 산책길에 들른 카페에서 하지는 또다시 사과 조각과 카페 주인의 애정 어린 시선을 듬뿍 받았다. 하지는 여기 오면 마음이 놓이나 봐

요. 내가 말했다. 그래요? 네, 여기만 오면 평소보다 흐릿해져
요. 그러자 카페 주인은 고개를 갸웃했다. 제 눈에는 하지가
점점 더 선명해지는데요.

그러니까 나에게는 하지가 점점 희미한 안개처럼 보이는
반면, 카페 주인은 하지의 털 한 올 한 올까지 선명하게 들여
다보인다고 했다. 한참 동안 논의해 보았지만, 우리는 하지가
각자의 눈에 다르게 보이는 이유를 끝끝내 알아내지 못했다.
참고로 하지의 사과는 오늘도 내가 다 먹었다.

같은 날 저녁에는 쿠키를 만났다. 나는 카페에서 사 온 초
콜릿 쿠키를 여자에게 선물했다. 여기 쿠키 정말 맛있네요.
제가 만든 것보다 더 맛있는 것 같아요. 그는 벤치에 앉아서
큼지막한 쿠키 하나를 다 먹더니, 두 번째 쿠키 포장을 뜯기
시작했다. 이 근처 카페에서 팔아요. 다음에 같이 가요. 내가
제안했다. 좋아요.

그런데 쟤 말이에요, 하고 쿠키 보호자는 반려견 놀이터에
서 뛰어다니는 쿠키를 바라보며 말했다. 꼭 친구랑 놀고 있는
것 같지 않아요? 아니나 다를까 쿠키는 하지와 장난을 치며
노는 중이었다. 그러던 중 여자는 눈을 가느다랗게 뜨더니,
하지가 있는 쪽을 손가락으로 가리켰다. 방금 저기서 뭔가 본
것 같은데……. 그래요? 뭐가 보였어요? 잔뜩 기대하며 물어

보았으나, 그는 손을 내려놓더니 두 번째 쿠키를 마저 먹기 시작했다. 아니에요, 제가 잘못 봤나 봐요. 그럼 그렇지. 나에게는 빵을 좋아하는 사람은 대체로 무던하다는 알 수 없는 믿음 또한 있었다. 그와 별개로 나는 무언가 이상하다고 생각했다. 쿠키 보호자가 하지를 가리키는 순간, 내 시선 속 하지가 또다시 아주 흐릿해졌던 것이었다.

의심이 확신으로 바뀐 것은 그날 밤이었다. 준과 백 년 만의 영상 통화를 하게 되었을 때, 놀랍게도 준은 화면에 하지가 비치자마자 바로 알아보았다. 하지, 유령이 되어도 여전히 멋있구나. 이상한 별명들을 잔뜩 붙여 줬던 거 정말 미안해······. 그런데 준이 말하는 도중에 기이한 일이 일어났다. 하지가 내 눈앞에서 감쪽같이 사라진 것이었다. 나는 하지가 전혀 보이지 않는데, 준은 끊임없이 하지에게 말을 걸고 있었다. 영하한테 들었는데 공으로 변할 수도 있다며? 한국에 가면 누나 앞에서도 보여 주기로 약속해······.

준, 지금 화면에 하지가 보여? 나는 당황해서 물었다. 응. 바로 네 옆에 있잖아. 나는 최대한 마음을 진정시킨 다음 오른편을 바라보았다. 아주아주 희미한, 거의 투명하다시피 한 무언가가 눈에 보이는 듯도 했다. 순간 하지가 보이지 않았어. 나는 준에게 말했다. 지금도 아주 희미하게 보여. 그러자 준은 덩달아 심각해진 얼굴로 화면을 바라보았다. 그래? 이상하네. 나한테는 거의 생전의 하지와 다름없어 보이는데.

아무래도 하지가 남들 눈에 보일 때면 나에게는 흐릿해지는 것 같아. 내가 말했다. 하지가 다른 사람들 눈에도 보여? 준이 놀라서 물었다. 아직은 카페 주인과 너뿐이야. 카페 주인 말로는 마음을 쓰는 사람들 눈에는 유령 개가 보인대. 희한하지. 내 말에 준은 희한하네, 하고 대답했다. 이러다 어느 날 하지가 영영 안 보이게 되면 어떡하지? 내가 불안해하자 준은 잠깐 고민하더니 진지하게 대답했다. 영하야, 하지는 유령 개잖아. 그런 일은 얼마든지 일어날 수 있어. 그래, 맞아. 나도 알고는 있지만…….

어쨌거나 그사이에 하지는 다시 선명해졌고, 우리의 대화 주제는 준의 피부염으로 넘어갔다. 미니 바오바브 이파리를 쥐어뜯은 날 밤 준은 손끝이 간지러웠는데, 알고 보니 미니 바오바브는 협죽도과 식물로 수액에 강한 독성이 있다고 했다. 아프리카 부족들은 이 독을 화살촉에 발라서 쏘기도 했대. 기가 막히네. 내 말에 준은 기가 막히지, 하고 대답했다. 더 기가 막히는 건 그날 이후로 바오바브가 더 생기를 띤다는 거야. 그러니까 나는 가지치기를 해줬던 셈이지. 전화를 끊기 전, 준이 화면을 통해 보여 준 미니 바오바브에는 새끼손톱보다 작은 이파리들이 잔뜩 돋아나 있었다.

*

본격적인 장마가 시작되었다. 하지는 비에 젖지 않지만, 비가 올 때면 언제나 하지를 품에 안고 다닌다. 일주일 연속 비가 내리는 바람에 계속해서 안고 다닌 셈이지만, 불만은 전혀 없었다. 오히려 마음이 편안했다.

실은 지난번에 하지가 눈에 보이지 않았던 이후로 하지를 남들 앞에서 보여 주기가 꺼려졌다. 하지가 또다시 사라져 버린다면 감당할 수 없는 상실감에 빠져 버릴 것만 같았다. 이러한 염려증에 비는 좋은 핑곗거리가 되어 주었다. 비가 왔기에 쿠키와의 약속을 미룰 수 있었고, 카페에 들르지 않는 것도 자연스러웠다.

하지를 안고 있으면 온기가 느껴진다. 하지는 아무 소리도 내지 않고, 무언가를 먹거나 마시지도 않고, 확실하게 만질 수조차 없지만, 이렇게 안은 채로 걷고 있을 때면 내 신체의 일부처럼 느껴진다.

*

편집자로부터 이번 작업물이 유난히 좋다는 연락을 받았다. 대저택에 사는 공작을 유령처럼 그려 달라는 요구에 맞춰 작업한 것이었는데, 아무래도 하지와 지내는 것이 도움이 된 듯했다. 장마가 이어지고 있지만, 비가 내리지 않는 날에도 나는 쿠키 보호자를 만나지 않고 카페에 가지 않는다. 산책 중에도 그들과 마주치지 않기 위해 조심한다. 오랜 친구들과의 약속을 미루고, 준과 영상 통화할 때도 하지를 최대한 보여 주지 않는다. 하지는 지금 자고 있어, 산책을 오래 했더니 피곤한가 봐, 내 얘기는 이만하면 됐어, 너는 어떻게 지내?

그러나 준은 언제나 그렇듯이 나를 잘 알고 있다. 너 얼굴이, 하고 준이 입을 뗐을 때 나는 대신 말했다, 동그래졌다고? 아니, 슬퍼 보인다고. 무슨 일 있어? 아무 일도 없어. 마감 때문에 피곤해서 그렇게 보이나 봐. 나는 머리를 쓸어 넘기며 아무렇게나 둘러댔지만, 준은 곧장 되물었다. 그런데 왜 이렇게 요즘 나한테 하지를 숨기는 거야?

내가 언제 하지를 숨겼어. 나는 애써 덤덤하게 대답했다. 하지가 잘 지내는지 물어볼 때마다 자고 있다고 하고, 어쩌다 화면에 하지가 잡히면 기겁하잖아. 지난번처럼 하지가 사라질까 봐 그래? 이쯤 되자 거짓말할 의욕조차 사라졌다. 나는 준에게 그렇다고, 그 바람에 요즘 산책도 잘 나가지 못하고 언제나 긴장 상태라고 대답했다. 그걸 하지도 느끼나 봐. 요즘에는 집에서도 밖에서도 공으로 변하지 않아.

준은 하지를 보여 달라고 했다. 나는 발치에 웅크려 있던 하지를 안아 들었고, 준은 한참이나 진지한 얼굴로 하지를 응시했다. 지난번에 봤을 때랑 너무 다른데? 잠시 뒤에 준이 말했다. 울적해 보여. 그 말에 나는 하지의 얼굴을 바라보았다. 확실히 고요하고 시무룩해 보였다. 하지, 준의 말대로 슬픔을 느끼고 있니? 나도 언젠가부터 하지가 기뻐하지 않는다는 사실을 느끼고 있었다, 그렇지만.

유령 개도 개라고 말했던 건 너잖아. 개들은 바깥을 걷고 뛰어다닐 때가 가장 개다워. 침묵 속에서 준이 다시 입을 열었다. 나도 알아. 그렇지만 하지가 내 곁을 떠난다고 생각하면 밖에 나가기가 두려워. 내가 대답했다. 준은 내가 하지를 사랑하게 되어서 그런 거라고 말해 주었다. 왜 사랑하면 억지를 부리고 싶어질까? 그렇지만 나도 머리로는 알고 있었다. 사랑은 무엇보다 자연스러워야 한다는 것.

너는 요즘 괜찮아? 내가 준에게 물었다. 화면 속 준의 책상에 놓인 바오바브는 눈에 띄게 잎이 무성해져 있었다. 나쁘지는 않아. 준이 대답했다. 어떻게 금방 괜찮아졌어? 내가 묻자 준은 바빴다고 했다. 당장 논문을 써야 하고, 재등록해 놓은 수영장에 가야 하고, 만나야 할 사람들이 있었다고. 테오한테 쓰던 시간을 도로 나한테 쓴 거지, 뭐. 수영장 레인 사십 바퀴를 돌고 집에 돌아와서 자고 일어나면 바오바브가 다시 바오바브로 보여. 테오가 아니라. 얘기를 들은 나는 진지하게 물었다. 나도 수영장을 끊을까?

준과 시시한 잡담을 주고받던 중 나는 말했다. 그동안 하지를 커다란 개라고 생각했었어. 크고 검은 개라서 더 정이 안 간다고 속으로 생각한 적도 있었어. 그런데 요즘 들어 처음으로 하지가 아주 작은 개처럼 느껴져. 아주 작고 연약한.

*

언니를 다시 만난 것은 하지의 장례식장에서였다. 그날 언니는 변명하듯 나에게 이런저런 말을 쏟아 냈지만, 그중 유일하게 기억에 남은 것은 하지의 이름에 관한 얘기였다. 보호소에서 하지에게 붙여 줬던 이름은 밤. 검은 개한테 흔히 붙여 주는 이름이었다. 그런데 이 년 전 언니가 입양하면서 하지라는 이름을 지어 주었다고 했다. 낮과 밤이 공존해야 하는 것이 삶이라면, 최대한으로 밝게 살았으면 해서.

그런 마음으로 데려온 개를 버린 언니를 이해할 수는 없었지만, 최근 들어 부쩍 하지의 이름이 지닌 의미에 대해 생각하게 되었다. 하지를 하지답게 살게 해주는 것. 그것은 내가 하지를 최대한으로 사랑하는 방식이 될 터였다. 여전히 무척 두렵지만 나는 하지를 위해 일상으로 되돌아가려고 한다. 유령 개와 처음 산책하던 그날처럼 운동화 끈을 동여매고 현관문을 열었다.

화창한 주말 아침 하지와 내가 향한 곳은 탄천이었다. 하지 특유의 느릿느릿하던 발걸음은 어디로 갔을까? 오랜만의 자유에 하지의 발걸음은 유난히 가벼웠고, 그간 쏟아진 비에 수위가 상승한 탄천은 거센 물살과 함께 시원하게 흐르고 있었다. 한참을 하지와 뛰듯이 걸어 도착한 길의 끝에는 쿠키가 있었다. 오랜만이네요! 쿠키 보호자가 반갑게 손을 흔들었다.

쿠키는 하지 주위를 빙글빙글 돌며 꼬리를 흔들었다. 쿠키가 조금 진정되자 우리는 개들을 데리고 탄천을 걸었다. 며칠 사이 마감 때문에 정신이 없었어요. 그간의 부재에 대해 해명하자, 여자는 고생했다고 대답했다. 밥은 잘 챙겨 드셨어요? 아니요. 그럴 것 같아서 제가 샌드위치를 만들어 왔어요. 정말요? 저 제빵사라니까요.

여자는 조만간 개인 빵집을 차릴 계획이라고 했다. 오랫동안 준비해 왔어요. 오늘 가져온 샌드위치도 주력 메뉴니까 드시고 어떤지 솔직하게 얘기해 주세요. 우리는 계속 걷다가 멈춰 서서 하지가 좋아하는 느티나무 아래 돗자리를 펴고 앉았다. 여자가 도시락을 열자 두 종류의 샌드위치가 들어 있었다. 하나는 달걀 샐러드를 듬뿍 넣은 샌드위치, 다른 하나는 오이와 크림치즈를 넣은 샌드위치였다. 저 정말 자신 있어요. 한참 먹다가 내가 말했다. 무슨 자신이요? 빵집 열면 매일 사 먹을 자신이요. 여기서 한참 떨어진 동네예요. 아⋯⋯.

빵집 이름이 무엇이냐는 내 질문에 여자는 쿠키라고 대답했다. 나는 조금 웃었고, 멀더라도 꼭 놀러 가겠다고 약속했다. 그런 다음에는 하지와 쿠키가 장난치는 모습을 지켜보다가 속으로 감탄했다. 아주 오랜만에 하지가 공으로 변했기 때문이었다. 신난 쿠키가 두어 번 크게 짖자 여자는 쿠키를 불렀다. 쿠키, 간식 먹자! 여자가 쿠키한테 생당근과 오이를 먹이는 동안 나는 데굴데굴 굴러온 유령 공을 내 무릎 위에 앉혔다. 그러자 서서히 개의 모습으로 돌아오는 하지. 전날에 비해 확실히 조금 더 투명해진, 그러나 햇빛을 받아 반짝반짝 빛나는 하지의 몸을 바라보면서 나는 기뻤다. 아주 분명한 기쁨을 느꼈다. 그거 알아요? 지금 하지가 우리 곁에 있어요. 나는 여자를 바라보며 말했다. 저도 느껴져요. 여자가 대답했다. 전에도 몇 번이나 그렇게 느꼈던 적이 있어요.

우리는 탄천에서 올라와 함께 카페에 들렀다. 오랜만이네요. 카페 주인이 나를 보더니 인사했다. 나는 그간 바빴다고 말을 꺼내며, 그와 쿠키 주인을 서로에게 소개해 주었다. 나는 쿠키가 주인을 정신없게 하는 틈을 타서, 카페 주인에게 여자는 하지를 못 보는 듯하다고 알려 주었다. 잠시 뒤 쿠키 보호자가 샌드위치를 드시겠냐고 물었을 때, 카페 주인은 마침 배가 고팠다며 기뻐했다. 나는 두 사람이 자영업자로 살아남는 방법과 맛있는 쿠키 레시피에 관해 이야기하는 것을 들으며 한낮을 보냈다. 그러는 동안 시간은 구름보다 가볍고 부드럽게 흘러가서, 우리를 스쳐 가는 것이 거의 느껴지지 않을 정도였다. 오늘의 사과 조각은 쿠키의 몫으로 돌아갔다.

그 이후로 계속해서 평범한 날들이 흘러간다. 하지는 분명 사람들 눈에 닿을수록 투명해졌지만, 나는 매일 하지와 밖에 나가 걸었다. 오랜 시간 햇볕을 쬐게 하자. 불어오는 바람을 느끼게 하고, 사랑이 담긴 눈길들과 마주치게 하자. 때로는 동네 길고양이들에게 쫓기게 하자. 공으로 변할 만큼 기쁘게 만들어 주자. 하지가 원하는 길을 하지가 계속해서 걸을 수 있도록.

*

하지가 마침내 투명해진 것은 7월 중순의 몹시 더운 어느 날이었다. 그날 아침 잠에서 깼을 때, 나는 안방으로 쏟아지는 햇볕 속 하지를 바라보다가 어떤 예감에 사로잡혀 준에게 전화를 걸었다. 아침부터 웬일이야? 준이 물었다. 나 정말로 수영을 시작하려고. 내가 대답했다. 준은 나에게 한 가지만을 조언했는데, 물속에서는 온몸에 힘을 빼야 한다는 것이었다. 정말이야, 힘을 빼야 해. 앞으로 나아가는 건 그다음이야.

준과의 통화를 마친 다음에는 쿠키 보호자에게 전화를 걸었다. 혹시 지금 잠깐 만날 수 있을까요? 전에 갔던 카페에서 쿠키랑 같이요. 여자는 단번에 좋다고 대답했다. 나는 평소처럼 편한 옷을 꺼내어 입은 다음 머리를 하나로 묶었다. 다만 집에서 나가기 전, 평소보다 오래 하지를 쓰다듬어 주었다. 하지의 온기는 이제 내 체온을 꼭 닮아 있었다.

카페에 들어서자 쿠키가 먼저 도착해 있었다. 그런데 쿠키 보호자가 나를 보더니 내 발치에서 눈을 떼지 못했다. 지난번에 하지가 여기 있다고 한 말, 농담 아니었죠? 여자는 다짜고짜 나에게 물었다. 여기 이렇게 흐릿하게 보이는 게 하지 맞아요? 내가 당황해서 고개를 끄덕이자, 여자는 그럴 줄 알았다면서 하지를 들여다보았다. 하지, 하지야. 여자가 이름을 부를수록 하지는 내 시야에서 조금씩 더 투명해졌다. 잠시 뒤 여자는 허리를 숙인 채 하지를 조심스럽게 쓰다듬었다.

여자는 며칠 전부터 하지를 보았는데, 그것을 입 밖으로 내는 순간 내가 너무 슬퍼질까 봐 조심하고 있었다고 했다. 당신이 먼저 말하지 않는 이상 내가 먼저 말을 꺼낼 수는 없다고 생각했거든요. 그런데 오늘 당신이 문을 열고 들어오는데, 카페 주인이 곧바로 하지를 바라보더라고요. 나한테만 보이는 게 아니었구나 싶은 마음에 아는 척을 하게 되었어요. 테이블에 앉은 여자가 나에게 털어놓았다. 나는 여자에게 진심으로 고맙다고 대답했다.

마침 카페 안에는 다른 손님이 없었고, 덕분에 하지와 쿠키는 마음껏 장난을 치며 놀았다. 카페 주인은 오늘 사과 접시를 두 개 준비했는데, 하나는 하지의 것, 다른 하나는 쿠키의 것이라고 했다. 개들은 여느 때처럼 어울려 놀았고, 사람들도 평소처럼 대화를 나누다가 커피잔이 다 비워지자 자리에서 일어났다. 카페를 나설 때 우리는 손을 흔들며 인사했다. 하지, 조심히 가! 다음에 또 만나.

가볍고 옅어진 몸의 하지와 함께 집으로 돌아가는 길에는 유난히 느리게 걸었다. 달팽이 개라고 놀림받던 하지보다 더 천천히. 이 정도 억지를 부리는 건 하지 네가 봐줬으면 좋겠어. 하지의 몸은 이제 빛이 투과할 만큼 희미해져 있어서, 하지를 바라보려면 눈을 가느다랗게 뜨고 집중해야만 했다. 하지가 옆에 있는지 확인하고 또 확인해야만 했다.

익숙한 길을 걷다가 아파트 단지를 지나갈 때였다. 이대로 집에 가고 싶지 않아서, 나는 하지를 데리고 아파트 놀이터 안으로 향했다. 참매미가 우는 일요일 정오, 놀이터에는 초등학생 여자아이 셋이서 쪼그려 앉아 모래 구덩이를 파고 있었다. 얘들아, 뭐해? 다가가서 묻자 셋 중에 빨간 안경을 쓰고 있던 아이가 매미를 묻어 주고 있다고 대답했다. 바닥에 떨어진 매미 사체를 흰 새가 쪼아 먹으려고 해서 땅속에 묻어 준다는 것이었다. 아이들이 파고 있는 구덩이 옆에는 정말로 매미 사체가 놓여 있었다. 옆에서 구경해도 되는지 물어보자 이번에는 양 갈래 머리를 한 아이가 그러세요, 라고 대답했다.

구덩이 파는 아이들을 하지와 나는 곁에 앉아서 지켜보았다. 검고 축축한 흙을 한참 파내던 아이들은 마침내 팔 하나를 끝까지 다 밀어 넣을 수 있을 만큼 깊은 구덩이를 만들었다. 이제 됐어! 양 갈래 머리 아이가 외치자 단발머리 아이가 매미 사체를 맨손으로 집어 구덩이 아래로 떨어뜨렸다. 파내는 건 한참이었지만 메우는 것은 눈 깜짝할 사이에 끝났고, 동시에 아이들은 나에게 인사조차 없이 그네로 뛰어갔다. 조금 허무해지려던 찰나 빨간 안경 쓴 아이가 그네 위에서 나를 향해 큰 소리로 외쳤다. 저 새였어요! 매미를 먹으려고 했던 새!

아이 손가락이 가리킨 곳에는 흰 비둘기 한 마리가 있었다. 행운이라는 생각이 들어서 옆을 보니, 하지는 이미 새를 향해 달려가고 있었다. 놀란 새가 나무 위로 높이 날아올랐고, 그 뒤로 믿기 힘든 일이 일어났다. 하지가 새를 따라서 공중으로 뛰어 올라간 것이었다. 하지! 서둘러 외쳐 보았으나 정오의 햇빛에 가려져 하지의 흐릿한 모습이 보이지 않았다. 나뭇가지에 앉아 있던 흰 새가 멀리멀리 날아가는 순간, 나는 하지가 내 곁에서 떠났음을 알았다. 하지는 투명해지고, 가벼워지고, 밝아진 것이었다.

나는 고개를 젖히고 하늘을 올려다보았다. 눈부신 빛이 쏟아져서, 잠시 그 안에 머물러 있었다. 시선을 내리자 빛의 잔상이 남아 온 세상이 희게 보였다. 흰 벤치, 흰 시소, 흰 그네와 흰 모래밭 속 흰 매미까지. 그곳에 전부 하지가 있었다. 순간 그네를 타던 아이들이 일제히 웃음을 터뜨렸다. 그 웃음소리에도 하지, 하지, 하지. 흰 천사들이 내려앉은 그곳에서 나는 언제까지나 하지와 함께일 수 있었다.

느리게 흩어지기
임현

사람들은 대체 왜 그러는 걸까.

　명길은 그런 생각을 하면서 하루를 다 보냈다. 얼마 전에 새로 구입한 리클라이너 소파에 앉아서도 내내 그 생각뿐이었다. 무릎 위에 펼쳐 둔 책은 페이지가 잘 넘어가지 않았다. 구립 도서관의 대출 기한은 너무 짧아서 매번 연체되기 일쑤였다. 절반도 채 읽지 못하고 반납을 한 목록이 수두룩했으나 빌린 것을 다시 빌려 끝까지 완독한 적은 없었다. 꼭 시간 문제 때문만은 아니었다. 나이가 들수록 무얼 하든 전보다 더 많은 힘과 노력을 필요로 했다. 겨우 책 한 권을 읽는 데에도 온몸이 배기는 것 같았다. 성희가 추천한 리클라이너 소파가 나름 도움이 되기는 했다. 그럼에도 여전히 읽어도 이해되지 않는 문장이 많았고, 그다지 공감이 되는 것도 아니었다. 성희는 이런 이야기가 뭐가 좋다는 걸까. 명길은 오히려 두꺼운 책도 척척 읽어 낼 수 있는 성희가 더 대단하다고 생각했다.

읽던 것을 덮어 두고 저녁을 준비하기 위해 명길은 주방으로 향했다. 새로울 것도 복잡할 것도 없었다. 늘 하던 대로 냉장고에서 필요한 만큼의 양을 덜어 혼자서 한 끼를 해결할 정도만 조리할 계획이었다. 점심에 먹은 것을 다시 저녁에 먹더라도 넉넉하게 미리 만들어 데워 먹는 것보다는 그때그때 새로 만들어 먹는 것을 명길은 선호했다.

「언니, 고기를 먹어요. 사람들이랑 어울리면서 맛있는 것 좀 먹고 그러라고요.」

언젠가 명길을 두고 성희는 그렇게 말한 적이 있었다. 명길의 가는 손목을 붙잡고 자신의 두툼한 손목과 비교했었다. 성희의 그런 스스럼없음이 부담스러웠던 적도 있었다. 이제 겨우 마흔 중반의 성희가 열 살 넘게 차이 나는 자신에게 허락도 구하지 않고 먼저 언니, 언니 하고 불러 대는 호칭도 처음에는 영 어색하게만 들렸다. 다른 회원들에 비해 유독 어리고, 붙임성이 좋았다. 꼬인 데가 없다고 해야 하나. 남의 눈치를 보지 않는다고 해야 하나. 그럼에도 어쩐지 성희가 명길 자신을 닮았다는 생각이 든 적도 여러 번이었다. 직접 속을 터놓고 묻거나 답한 적은 없지만, 아는 사람 눈에만 보이는 어떤 내면이나 이면 같은 것.

겉만 봐서는 모르지. 사람 속에 뭐가 들었는지 겉만 봐서는 몰라.

간혹 명길은 성희를 생각하다가 무심결에 그렇게 중얼거렸고, 그것은 자기 자신을 향한 말이기도 했다.

냉장고에는 사등분한 애호박 하나가 남아 있었다. 반달 모양으로 얇게 썰어 소금을 약간 넣은 물에 데친 후, 으깬 두부와 함께 버무려 먹을 생각이었다. 다진 파와 깨소금, 참기름도 약간. 그러다가 무심결에 명길은 오른손을 휘둘렀다. 어디서 들어오는지 집 안에 자꾸 벌레들이 생겼다. 이 집에는 화분도 하나 없고, 음식물도 그때그때 처리하고, 달큼하고 무른 과일 같은 것도 없는데 작고 검은 날벌레가 명길의 정신을 사납게 만들었다. 방충망은 멀쩡했고, 사용하지 않는 배수구는 마개로 꼭 닫아 두었다. 혹시 몰라 현관문을 여닫을 때도 신속하고 빠르게 움직였는데 다시 한번 그 검고 작은 벌레가 명길의 얼굴 주변을 날아다니기 시작했다. 쥐고 있던 식칼을 허공에 여러 번 휘두르며 쫓았으나 소용이 없었다. 누군가 그모습을 봤다면 분명 위태로워 보였을 것이다. 그러나 이 집에는 명길 혼자뿐이었고, 그것을 지적할 만한 사람은 아무도 없었다. 얼마 가지 않아 명길이 도마 위에 탁, 하고 식칼을 도로 내려놓았다. 균일한 크기로 썰린 애호박이 도마 위에 가지런 했다. 그 위로 벌레가 내려앉을지도 모를 일이었다. 그럼에도 명길은 거실 소파 위에 올려 둔 수첩을 펼쳐 들었고, 거기에 성희에 대한 생각들을 두서없이 적어 가기 시작했다.

대체 성희는 왜 자꾸 그런 말을 하는 걸까.
「언니는 알죠? 언니는 이해하잖아요.」
그때마다 모임의 사람들이 성희가 아니라, 명길 자신을 주목한다는 점이 부담스러웠다. 어려운 문장들을 지적받을 때나, 이해할 수 없는 장면들에 대한 질문을 받을 때. 적당한 대답을 하는 대신 오히려 명길에게 그 짐을 떠넘기는 것 같았다.
「이건 처음부터 명길 언니를 생각하면서 쓴 글이에요.」
얼마 전에는 또 미리부터 선언하듯 그렇게 말하기도 했다. 그러나 명길이 도무지 이해할 수 없는 건, 거기에 자신과 닮은 이야기는 하나도 없었기 때문이었다. 믿음 깊은 신도가 간절한 기도 끝에 처음부터 세상에는 신이 존재하지 않았다는 응답을 받는 이야기. 명길은 어떤 신도 믿지 않았고, 어떤 응답도 받은 적이 없었다.

「어쩐지.」

그런데도 누군가는 성희의 말에 의미를 부여해 버리기 시작했다. 성희는 대체 왜 그러는 걸까.

전혀 짐작이 가지 않는 건 아니었다. 명길 나름대로 마음이 쓰이는 일이 하나 있긴 했었다. 한 달쯤 전, 명길은 길에서 우연히 성희를 본 적이 있었다. 그렇다고 따로 불러 아는 척을 하거나 반가운 기색을 드러낸 것은 아니었다. 산책을 하던 중에 익숙한 뒷모습을 보았고, 곧바로 방향을 틀어 왔던 길로 되돌아가 버렸을 뿐이었다. 혹시 그날 성희도 나를 보았던 거 아닐까?

명길은 누군가에게 자신의 이야기를 들려주는 것이 매번 어려웠다. 그런데도 개의치 않고 서슴없이 먼저 사적인 이야기를 마구 털어놓는 사람들이 부담스러웠다. 그런 것은 대화라고 부르기 어려운 공허한 소음들일 뿐이었다. 순서를 기다려 자기가 하고 싶은 말을 아무렇게나 쏟아 내는 식이었다. 비슷한 연령대의 여자들과 고궁 나들이를 가거나, 수화로 배우는 노래 교실, 활력 요가 저녁반 등을 등록할 때마다 비슷한 상황을 견뎌야 했다. 첫 시간에는 언제나 수강생들이 돌아가며 자기소개를 해야했기 때문이었다.

복지관에는 다양한 체험 교육이 마련되어 있었다. 작년 여

름부터 명길은 그중 가장 정적이고 조용하게 참여할 수 있을
만한 것을 골라 수강하는 중이었다. 두 달 간격으로 새로운
강좌가 시작되었고, 그것은 거의 유일한 명길의 정기적인 외
부 일정이기도 했다. 시간이 지나면서 눈에 익은 사람들이 생
겼고, 가벼운 인사를 나누기도 했었다. 그러니까 명길이 바라
는 복지관 사람들과의 적정한 거리는 그 정도였다. 강의가 끝
난 뒤에 함께 티타임을 가지거나, 주말이나 공휴일에 따로 시
간을 내어 친목을 도모하는 자리에까지 참여하고 싶지는 않
았다. 하지만 더 핑계를 댈 수 없어 억지로 끌려간 적도 몇 번
있었다. 그리고 그 자리에서 명길은 묻는 말에 답할 수 있는
가장 뻔하고 지루한 대답만을 골라 했다. 무엇보다 남편에 대
한 이야기가 나오면 명길은 자신도 모르게 방어적이 되었다.
젊지도 아주 늙지도 않은 나이에 아직 미혼이라는 사실이 사
람들의 호기심과 흥미를 자극한다는 것을 누구보다 명길 자
신이 가장 잘 알았기 때문이었다.

새로 등록한 글쓰기 강좌에서도 마찬가지였다. 수강생은
모두 여섯이었고, 명길 이외에 다른 사람들은 이미 여러 번
수업을 들어서인지 제법 사이가 가까워 보였다. 대화 중에 명
길이 모르는 일화가 많았다.

「여기는 아들이 한의사예요. 텔레비전에도 나온다는데,

혹시 본 적 있어요?」

회원 중 누군가 핸드폰으로 검색한 사진을 보여 주기도 했다. 나이를 가늠할 수 없는 헤어스타일이 눈에 먼저 들어왔다. 조금 뜸을 들인 명길이 고개를 가로젓자 질문한 여자보다 그 옆에 앉은 남자가 더 실망한 표정을 지었다. 그러고는 어김없이 명길에게도 같은 것을 물어 왔다. 있지도 않는 자신의 아들과 딸의 안부를 사람들은 왜 매번 물어보는 것인가. 어차피 진짜 궁금해서 물어본 것도 아니었을 것이다. 무엇을 답하든 그것으로부터 더 이어질 만한 이야깃거리를 기대한 것뿐일 테니까. 그냥 아무 말이나 지어낼 수도 있었다. 하지만 그것도 괜찮은 선택은 아니었다. 〈칠 년째 캐나다에 있어요〉라고 말해 준다면 기다렸다는 듯이 그들이 알고 있는 이민 생활과 관련된 모든 에피소드가 마구 쏟아져 나올 것이다. 아니면 솔직히 말해 줄 수도 있었다. 없어요, 자식이고 남편이고 나는 있는 게 하나도 없어요. 그러니까 그런 것 좀 제발 묻지 말아 줄래요? 상대방의 다음 질문을 단박에 끊어 낼 수 있는 가장 좋은 방법일지도 몰랐다. 그리고 무엇보다 명길이 가장 끔찍하게 여기는 상황도 바로 그것이었다. 명길이 없는 자리에서 사람들이 자신을 두고 이런저런 이야기를 함부로 해대는 것. 그런 빌미를 제공하고야 마는 것.

「뭘 그런 걸 물어요.」

그날 머뭇대는 명길을 대신해 먼저 나서 준 사람은 성희였다. 그러고는 다른 이야기로 화제를 돌렸고, 명길에 대한 관심은 금세 묻혀 버렸다.

명길의 생활은 단조롭고 일정한 편이었다. 간단하게 식사를 마친 뒤에는 곧바로 설거지를 하고, 영양제를 챙겨 먹은 뒤 현관문을 나섰다. 오늘 중에 비가 온다는 예보는 없었으나 창밖의 날씨는 종일 흐렸다. 자외선이 약한 대신 습도가 높았다. 어느 쪽이든 산책을 어렵게 하는 문제들이었다. 명길에게 산책은 중요한 루틴 중 하나였다. 걷기 편한 운동화, 얼굴을 모두 가려 줄 마스크와 선바이저 모자. 본래는 식후 혈당을 낮추는 것이 주된 목적이었으나, 근래에는 다른 의미가 하나 더 추가되었다. 간단하게 메모할 수 있는 수첩과 필기구도 산책용 보조 가방에 담았다. 우산을 챙길까 하다가 그만두었다.

명길은 근린공원 쪽을 향해 걸었다. 중앙 광장을 중심으로 산책로가 양쪽으로 뻗어 있었고, 나무들도 많아서 그늘도 많았다. 이팝나무와 조팝나무. 이팝은 쌀밥을 닮았고, 조팝은 좁쌀을 닮았다. 그러나 명길이 보기에는 둘 다 하얗고 풍성하며, 꽃이 지면 다른 나무들과 구분하기 어려운 품종이었다.

봄에는 쑥이나 냉이를 캐는 여자들도 더러 있었다. 어떤 풀이 나물이 되는지 어쩜 저렇게도 잘 아는 걸까. 그게 신기해서 옆에서 무릎을 세우고 앉아 구경을 한 적도 있었다. 그러다가 민들레는 꽃이 피면 먹을 수 없다는 말도 들었다. 묻지도 않은 말들을 그 나이대의 여자들은 서슴없이 알려 주었다.

「몰랐어요?」

오히려 그 나이가 되어서도 아는 것이 별로 없는 명길을 더 신기하게 여겼다. 올봄의 일이었다. 그게 불현듯 생각이 났다. 명길은 공원으로 가는 길에 횡단보도 앞에서 잠깐 멈춰 섰고, 떠올린 김에 서둘러 수첩을 꺼내 〈꽃 핀 민들레는 식용 불가〉라고 적어 두었다.

글쓰기 수업은 매주 화요일 저녁 7시에 시작되었다. 딱히 장르를 정해 둔 것은 아니었는데 시를 쓰는 사람도 있었고, 소설을 쓰는 사람도 있었다. 대개는 한 주 동안에 있었던 일들이나 생각들을 적어 오는 사람들이 대부분이었다. 돌아가면서 각자 써 온 것을 읽은 후, 나머지 수강생들이 간략하게나마 감상을 나누는 식이었다. 그렇다고 모두 성실한 것은 아니어서 매번 두세 명씩은 빈손으로 참석하는 사람들도 있었다. 그중 하나는 늘 명길이었다. 강사는 한 번도 그런 명길을 나무라거나 비난하지 않았다.

「무얼 쓰든 괜찮아요. 무엇이 됐든 우선 쓰는 경험을 해보는 게 가장 중요하니까요.」

수업을 맡은 강사는 미혼의 젊은 남자였다. 대학원에서 문예 창작을 전공했다는데, 서점이나 도서관에서 프로필에 적힌 출간 도서를 찾을 수는 없었다. 상냥하고 예의가 바른 편이었으나, 쓰는 것에 비해 가르치는 능력이 더 좋은 사람일 거라고 명길은 생각했다.

「뭘 써야 할지 모를 땐, 우선 산책을 해보세요. 걸으면서 보이는 것들, 생각나는 것들을 적어 보는 것도 좋아요.」

반면에 성희는 한 번도 빠짐없이 무언가를 적어 왔다. 꽤나 긴 분량이었는데, 아무것도 모르는 명길이 보기에도 유려하고 능숙한 문장들이 수두룩했다. 듣기에 어느 문예 공모전에서 수상한 경력도 있다고 했는데, 그런 성희가 명길은 조금 신경이 쓰였다.

다른 사람은 몰라도 명길은 성희가 자신을 배려하고 있다는 것을 알 수 있었다. 모임에서 겉도는 명길을 챙기고, 소외되지 않도록 대화에 참여시키려고 애쓴다는 것. 그것이 고맙지 않은 것은 아니었으나, 또 한편으로는 성가신 것도 사실이었다. 더구나 명길에 대해 뭔가를 알고 있다는 식으로 말하는 태도도 마음에 들지 않았다. 성희는 자주 명길에게 이렇게 말했다.

「언니는 알 거 같아요.」

그러나 그때마다 매번 명길은 정말 아는 것이 없었다. 정확히는 명길이 알아야 하는 것이 무엇인지조차 알지 못했다. 아니면, 명길을 알 거 같다는 말일 수도 있었다. 성희의 눈에 명길은 쉽게 이해되는 사람, 그다지 어렵지 않게 속이 훤히 보인다는 뜻일까. 그러나 명길은 아니었다.

강의실에서 성희의 표정을 몰래 살핀 적도 있었다. 밝고 가벼워 보이던 평소 모습과 달리 무심하게 강단 쪽을 바라보거나, 무언가를 종이에 적는 모습을. 그것을 어떤 표정이라고 부를 수 있을까. 보는 사람이 오직 자기 자신뿐인 거울 앞에서조차 표정을 꾸미려 드는 게 사람이었다. 그러므로 가장 진실한 표정은 가장 외로운 순간에 드러나는 거라고, 믿었던 순간이 명길에게는 있었다.

젊은 시절, 명길에게도 결혼을 생각했던 남자가 있었다. 고작 한 사람뿐이었을까. 그러나 함께 밥을 먹고, 곁에서 잠을 자고, 화장실을 공유해도 불편하지 않았던 남자는 오직 그 한 사람뿐이었다. 만나는 동안 다투거나 큰 소리를 낸 적도 없었다.

어느 주말엔가, 잠든 그의 얼굴을 가만 내려다본 적이 있었다. 팔짱을 낀 채 소파에 기댄 자세가 몹시 불편해 보였으나, 명길은 깨우지 않았다. 대신 야구 중계가 한창인 텔레비전의 볼륨을 줄여 주었다. 그러고는 무얼 했더라. 그 소리 없는 화면을 한참 동안 혼자서 바라보았을 것이다. 채널을 돌릴 생각도 하지 못한 채 그냥 멍하니 그가 일어나기를 기다렸다. 그를 배려한 행동이었다. 평범한 회사원이었던 그는 늘 잠이 모자랐으니까. 어쩌면 그는 혼자서 매일 이런 자세로 잠이 드는 걸지도 몰랐다. 적막과 고요를 물리칠 요량으로 시청하지도 않는 텔레비전을 켜둔 채로. 왜 그 순간 명길은 자신이 무언가를 참아 내고 있다는 기분이 들었을까.

이따금씩 명길은 혼자 사는 그 집의 배치가 이전과는 묘하게 달라졌다는 것을 발견하고는 했다. 이 년쯤 교제하는 동안 옷장과 신발장, 욕실의 수납장마다 그의 물건들이 하나둘씩 들어와 있었기 때문이었다. 그러나 크게 불편하다고 생각하지는 않았다. 무엇보다 자신이 무언가를 견디거나 애쓰고 있다는 것을 알아채지 못했다. 그가 설거지한 그릇들은 한번씩 다시 들여다봐야 할 때가 많았다. 욕실의 젖은 슬리퍼 때문에 양말이 젖을 때도 자주 있었다. 그러나 그런 것은 괜찮았다.

숨기려고 마음만 먹는다면 얼마든지 명길이 숨길 수 있는 마음이었으니까.

명길은 잠든 그의 얼굴을 바라보았다. 바깥은 이미 어두워졌고, 불 꺼진 거실에서는 텔레비전에서 나오는 빛이 유일했다. 그러고는 잠든 명길 자신의 얼굴은 어떤 표정을 하고 있을지 궁금했다. 그때도 감추려고 한다면 감출 수 있는 것일까. 명길 스스로는 한 번도 본 적 없고, 볼 수도 없는 그것을 이 사람에게는 아무렇게나 함부로 드러내도 되는 일일까.

그게 벌써 십수 년 전의 일이었다. 명길 쪽에서 일방적으로 연락을 끊은 뒤 다시 만난 적은 없었다. 간간이 지인들을 통해 소식을 건너 들을 수는 있었다. 결혼과 출산, 승진과 퇴사, 마지막으로 큰 수술을 두 번 받았다는 이야기도 들었는데, 아직 부고를 듣지는 못했다. 그러니까 아직은.

명길은 공원의 벤치에 앉아서 다시 수첩을 꺼내 들었다. 그러고는 그의 이름을 아주 오랜만에 적어 보았다. 명길의 나이에서 다섯 살을 더한 그의 나이와 주말마다 자주 찾던 식당의 상호와 메뉴들도 함께 적었다. 그의 고향과 자주 하던 말버릇, 신발과 의류의 사이즈. 어느 해엔가는 함께 제주도를 간 적도 있었다. 사나운 날씨 탓에 공들여 짜놓은 일정을 하나도 지키지 못했었는데 그때 하려 했던 계획들, 차마 전하지 못했던 미안한 마음들, 기억나는 모든 것. 금세 한 페이지를 채울 만큼의 분량이었다. 따로 있으면 단순한 의미의 단어들이었는데, 모아 보니 모두 그를 떠올리게 하는 말들이 되었다.

명길의 옆자리로 어린 남자아이와 여자아이 둘이 나란히 앉았다. 아이스크림 하나씩을 사이좋게 입에 물고 있었다. 명길은 그 아이들을 물끄러미 바라보았다. 부모들은 보이지 않았다. 멀지 않은 곳에서 지켜보고 있는 걸지도 몰랐다. 몇 살쯤 됐을까. 여덟 살? 아홉 살? 명길과 같은 동에 사는 쌍둥이들만 한 아이들이었다. 쌍둥이들과는 엘리베이터에서 몇 번 마주치고는 했는데, 2인용 유아차를 타고 다니던 그 아이들이 올해 벌써 초등학교에 입학한 것 같았다. 얼마 전에는 피아노 학원 가방을 메고 있는 것도 보았다. 그보다 어렸을 때는 네 식구가 주말마다 나들이도 자주 가는 것 같던데, 쌍둥이들의 아빠를 못 본 지 오래였다.

명길은 다시 아이들 쪽을 바라보았다. 날이 흐리고, 바람은 후텁지근했다. 아이스크림을 먹는 것보다 녹아 가는 속도가 더 빨랐다. 뉴스에서는 이러저러한 이유로 일어나는 이상 기온 현상을 보도했다. 올해는 작년보다 더웠고, 내년은 더 더울 거라고. 온열 질환자가 예년에 비해 늘었다고도 했다. 만약 이 아이들 앞에서 풀썩 쓰러진다면, 대처할 수 있는 적당한 방법을 알고 있을까. 아니면 놀란 아이들을 보고 부모들이 달려올지도 모른다. 빠르고 신속하게 문제를 해결하겠지. 그런데 자기 아이들과 쓰러진 명길 중 누구를 먼저 챙길까.

「왜요?」

남자아이가 명길의 시선을 의식하고는 물었다. 경계하는 목소리는 아니었다.

「누나니?」

여자아이가 먼저 고개를 끄덕였고 남자아이도 따라서 그렇다고 대답했다.

「예쁘다.」

「누가요?」

「너희 둘 다.」

자리에서 일어나 명길이 손을 흔들자, 아이들이 공손하게 고개를 숙여 명길에게 인사했다.

다시 걷기 시작한 명길의 머릿속에는 어느 순간 성희에 대한 생각들로 가득 채워졌다. 수첩에 옮겨 적는다면, 한 권으로는 부족할 만큼의 길고 복잡한 생각들이었다. 한동안 이 길을 성희와 함께 걸었던 적도 있었다. 수업이 끝나고 집으로 돌아가는 방향이 같았고, 그사이 이런저런 이야기를 나누기도 했었다. 한번은 성희가 말했다.

「산책을 한자로 어떻게 쓰는지 알아요? 흩어질 산, 꾀 책. 근데 그 둘을 더하면 어떻게 걷는다는 의미가 되는지 모르겠어요.」

명길은 산책은 그냥 산책이지 다른 의미가 있나 싶었는데, 듣고 보니 이상했다. 산책이라는 게 흩어지는 거구나. 꾀를 내어 흩어지는 일. 흩어지기 위해 꾀를 내는 일. 그런 생각에 금세 빠져 버렸다. 성희가 그런 명길을 보며 웃었다.

「사람들이 언니 신기하게 생각하는 거 알아요?」

「나를요?」

「이상하잖아요. 모임은 꼬박꼬박 참석하면서, 숙제는 한 번도 안 해 오고. 꼭 누가 억지로 시켜서 오는 사람처럼.」

쓰고 싶은 말이 전혀 없는 것은 아니었다. 대체로 혼자만 알고 싶은 말들만 떠올랐기 때문이었다. 개인적이고 사소한 것들. 그걸 누군가에게 보여 주는 것이 어려울 뿐이었다. 명길은 그날 그런 말들을 성희에게 들려주었다. 다만, 속마음을 모두 다 이야기한 것은 아니었다. 그런데도 성희는 이렇게 말했다.

「맞아요, 언니. 나도 그 기분 알 것 같아. 내가 진짜 그렇거든요.」

　때때로 명길은 자신의 마지막을 상상하고는 했다. 뒤늦게 불치병을 발견한다거나, 치료를 받을 수 없을 만큼 크게 다친다거나 하는 경우는 그나마 다행이었다. 아무런 대비도 없이 평소처럼 잠들었다가 다시 깨어나지 못할 수도 있었다. 그때 누가 나를 발견할 것인가. 그런 생각을 하다 보면 좀처럼 잠이 오지 않았다. 〈1인 가구〉와 〈독거〉라는 말의 차이에 대해서도 생각했다. 하나는 능동적이고, 다른 하나는 수동적인 것인가. 홀로 사는 일은 분명 명길이 바란 선택의 결과였다. 그렇다고 죽은 뒤에도 아무에게 발견되고 싶지 않은 것은 아니었다. 가까운 복지관의 강좌를 등록한 것은 작년 여름, 심한 몸살로 고생을 하고 난 뒤의 일이었다. 그 마음을 성희가 정말 알고 있다는 것일까.

　저녁 무렵에 러닝을 하는 무리들이 두 사람 곁을 빠르게 지나갔다. 저렇게 달려 본 적이 언제였던가. 개를 데리고 산책하는 사람들을 보면서 무언가를 키우는 사람을 부러워한 적도 있었다. 그것을 바라는 마음과 바라지 않은 마음 모두 명길의 마음이었다. 그 복잡하고 어지러운 것을 어떻게 다 말로 표현할 수 있을까. 그 순간 갑자기 성희가 명길의 손목을 붙잡았다. 그러고는 〈어휴, 이렇게 가늘어서 어떡해〉 혼잣말처럼 중얼거렸다. 자신의 두툼한 손목과 나란히 두고 비교했다.

「언니, 저 집 가봤어요? 저기 저 중국집. 간판은 그대론데 사장이 벌써 세 번이나 바뀌었어. 바뀔 때마다 짬뽕 양이 묘하게 달라지는 거 있죠. 근데 맛은 또 그대로야. 주방장은 그대론데 사장만 바뀌나 봐. 저기 짬뽕이 괜찮거든. 언제 우리 저기 같이 가봐요.」

「그래요, 다음에 한번 가요.」

이후로 진짜 그 식당을 함께 간 적은 없었지만, 비 오는 날에는 함께 장우산 하나를 받쳐 쓰기도 하고, 잠깐씩 공원 벤치에 앉아 음료수로 목을 축인 적은 있었다. 그러는 사이, 성희에 대해 알게 되는 것들도 생겼다. 정확히는 명길이 알고 있다고 오해하는 것들이었다.

한번은 우연히 마트에서 성희를 마주친 적이 있었다. 명길은 그곳에서 자주 흙 당근과 파프리카, 데친 나물류를 구매하고는 했다. 할인된 가격에 살 수 있는 청과류가 많았다. 그곳에서 성희를 본 것은 처음이었다. 정확히는 성희가 먼저 명길을 알아보았고, 함께 있는 사람을 명길에게 소개시켜 주었다.

「우리 남편이에요.」

반바지에 슬리퍼를 신은 남자는 선한 표정으로 명길을 향해 고개를 꾸벅 숙였다. 그러고는 두 사람을 남겨 두고 주류

코너 쪽으로 걸음을 옮겼다. 명길이 든 바구니에 비해, 성희의 카트에는 많은 것이 이미 담겨 있었다. 성희가 명길의 바구니를 카트 위로 옮겨 실었다.

그날 두 사람이 어떤 말을 주고받았는지 명길은 기억나지 않았다. 그보다는 당혹스러워하는 자신의 표정을 성희에게 들키는 것이 더 염려되었다. 지금껏 명길은 성희에 대해 지레짐작하고 있는 것이 있었다.

왜 성희도 명길 자신처럼 혼자라고 생각했을까.

전혀 근거가 없는 오해는 아니었다. 그러니까 그보다 며칠 전에도 명길은 성희를 보았다. 아직 무더위가 본격적으로 시작되기 전의 일이었다. 저녁 무렵이었기 때문에 어쩌면 명길이 본 사람은 성희가 아닐 수도 있었다. 그러나 성희와 함께 걷고 있는 남자는 분명하게 알아볼 수 있었다. 명길이 수강하는 글쓰기 수업의 젊은 강사였다. 그와 다정하게 손을 잡고 걸어가는 젊은 여자를 성희라고 잘못 본 것일 수도 있었다. 성희가 아니면 누구였을까. 그런 생각을 오래 할 수도 없을 만큼 당시의 명길은 너무 놀란 나머지 서둘러 몸을 돌려 왔던 길로 되돌아가 버렸다. 되도록 멀리, 관절이 허락하는 한 가장 빠른 걸음으로. 그러니까 그것으로 그냥 지나가 버리는 일인 줄로만 알았다.

명길은 누군가 자신의 영역에 함부로 침범하는 것이 불편했다. 마찬가지로 명길 자신이 누군가의 일에 끼어들거나 혹시라도 개입하게 되는 상황도 피하고 싶었다. 양쪽 모두 명길 스스로를 위한 일이었다.

예보에 없던 소나기가 기어코 쏟아지기 시작했다. 준비성이 좋은 사람들은 곧장 우산을 펴기 시작했고, 명길은 다행히 가까운 정자로 몸을 피할 수 있었다. 중년의 남녀 셋이 이미 한참 전부터 그곳에 자리를 잡고 있었던 듯 보였다. 남자 둘, 여자 하나. 배달 음식이 펼쳐져 있었고, 술 냄새도 났다. 길고 투명한 담금주 병에는 절반쯤 술이 남아 있었다. 자전거를 타는 동호인들 같았는데, 복장만 그랬고 자전거를 어디에 세워 두었는지는 보이지 않았다.

「어머, 어떡해. 다 젖었어요.」

정자에 있던 여자가 명길을 향해 말했다. 그러고는 목에 두른 수건을 명길에게 건네주었다. 명길은 그것을 엉겁결에 받아 들었다가 곧 그냥 돌려주었다. 땀에 젖은 시큼한 냄새가 났다. 달큼한 냄새와 섞여 더 고약했다. 여자는 수건을 다시 목에 둘렀다.

「그러지 말고 이쪽으로 들어오세요. 거기 그러고 있으면

비를 다 맞잖아요, 어서요.」

　남자 중 하나가 명길을 재촉했다. 실제로 비는 명길 쪽으로 들이치고 있었다. 어쩔 수 없이 명길이 신발을 벗고 정자 위로 올라서자 축축하게 젖은 양말이 드러났다. 그것을 신경 쓰는 사람은 아무도 없었다. 그러나 명길은 그 모습을 누군가에게 보이는 것이 부끄러웠다. 무엇보다 딱 들러붙은 옷을 입은 그들의 복장이 명길을 더욱 민망하게 만들었다.

　「그 얘기 이 여사님한테도 한번 들려줘 볼까?」

　나이가 더 많아 보이는 남자를 향해 여자가 말했다. 그들 중 여자가 가장 취해 보였다. 명길은 그들이 둘러앉은 자리를 피해 앉았다. 지나는 누가 보더라도 일행처럼 보이지는 않을 터였다.

　「또, 또 괜히 쓸데없는 소리.」

　비교적 젊은 남자가 퉁명스럽게 타박했다. 두 사람은 유독 즐거워 보였다. 그러나 막상 이야기가 시작되자 지루한 표정으로 핸드폰만 들여다볼 뿐, 그들을 말리거나 하지는 않았다. 그것은 젊은 남자가 누군가에게 돈을 빌려주었다가 돌려받지 못한 이야기였다. 명길이 이해한 것은 그뿐이었으나, 여자는 젊은 남자가 겪은 억울한 사정들에 대해 더 장황하게 늘어놓았다. 그러면서도 한편으로는 어딘가 신이 난 것처럼 보이기도 했다.

「사정이 있어서 늦어진 거겠지. 처음부터 나쁘게 마음을 먹었을까.」

「쟤는 일부러 저래.」

「맞아, 오빠 좀 일부러 그러는 거 있어.」

그러고는 여자가 명길에게 사진 한 장을 보여 주었다.

「이 사람이에요, 이 사람. 여사님이 보기에는 좀 어때 보여요? 돈 줄 사람처럼 보여요?」

명길은 찬찬히 사진 속 얼굴을 바라보았다. 젊은 남자와 단둘이서 찍은 사진이었다. 낯익은 얼굴은 아니었으나, 두 사람 모두 실제로 눈앞에 나타난다고 하더라도 단번에 알아보긴 어려울 만큼 흔한 얼굴이기도 했다.

「글렀어. 관상이 아주 글러 먹었다니까. 그 자식 하관이 빠른 게 딱 그래.」

나이 든 남자가 담금주 병 속에 든 검붉은 액체를 요란하게 흔들기 시작했다. 알 수 없는 부유물들이 함께 섞인 그것을 종이컵 하나에 가득 따랐다.

「이 사람이 오늘, 드디어 돈을 갚기로 했거든요.」

여자가 말했고,

「갚을 거면 진작에 갚았겠지. 거봐, 내 말이 맞지? 사람 불러 놓고 계속 딴소리만 해대는 거. 내가 얼마나 속이 터지던지. 그래도 이거라도 챙겨서 어디야. 식당에서는 못해도 30만 원은 받을걸?」

나이 든 남자가 담금주 용기를 가리키며 여자의 말을 잘랐다. 그러고는 새 종이컵을 명길 쪽으로 내밀었다. 사양하는 명길에게 억지로 컵을 쥐여 주었고, 병을 기울여 담금주를 따르려고 했다.

「오백이야. 이 오빠가 빌려준 건 오백이라고.」

「그래, 이제 사백칠십.」

그 순간 검붉은 술이 한꺼번에 명길 쪽으로 쏟아졌다. 나이 든 남자는 남은 술병을 든 채 어쩔 줄 몰라 하는 사이, 여자가 서둘러 목에 두른 수건으로 명길을 닦기 시작했다. 젊은 남자는 여전히 핸드폰만 바라보고 있었다. 명길은 서둘러 허리춤에 차고 있던 산책용 보조 가방을 열어 보았다. 그러고는 곧장, 이미 흠뻑 젖어 손쓸 수 없을 만큼 망가진 수첩의 상태를 확인했다.

「중요한 거예요?」

여자가 당황해하며 명길에게 물었다. 술에 불은 종이 위로 번지고 뭉개진 글자들은 좀처럼 알아볼 수 없었다. 여기에 뭐가 적혀 있었는지 그들은 알 수 없을 것이다. 명길의 몸에서는 이제 이 사람들과 비슷한 냄새가 풍기기 시작했다. 정자 밖으로 여전히 언제 그칠지 모르는 비가 쏟아지고 있었다. 금세 웅덩이가 만들어졌다. 여자는 수건을 빗물에 적셔 명길에게 건넸다. 그것으로 옷에 묻은 얼룩이 지워지지는 않을 것 같았다.

「여긴 공용 시설이에요.」

기껏 명길이 내뱉은 말은 그뿐이었다. 위협적이지 않았고, 경고라고 하기에도 가벼웠다. 그럼에도 명길의 목소리가 떨렸다.

「아이들도 다 본다고요. 여기서 술을 마시는 건 보기 안 좋아요.」

그들이 따지기라도 한다면 더 난처한 일이 벌어질지도 모른다는 생각도 들었다. 명길은 이 자리를 서둘러 벗어나고 싶었다. 빗줄기가 조금 가늘어진 듯도 했다. 그 순간 젊은 남자의 손에 들린 전화기가 울렸다. 발신자의 이름을 확인한 세 사람이 하나같이 놀란 표정을 지었다. 통화는 짧게 끝났다.

「돈을 주겠대.」

젊은 남자가 말했다.

「근데 표정이 왜 그래?」

나이 든 남자가 물었다.

「대신에 가져간 건 돌려 달래. 아니면 절도로 신고하겠다는데?」

그들은 동시에 바닥이 드러난 담금주 병을 바라보았다.

「이게 그렇게 비싼 거였어?」

여자가 거의 바닥이 난 술병을 챙겨 들며 말했다.

명길은 그들을 남겨 두고 자리에서 일어났다. 젖은 신발은 발이 잘 들어가지 않았다. 왼쪽은 반쯤 구겨 신어야 했다. 정자로부터 얼마 멀어지지 못했을 때, 여자가 명길을 향해 달려왔다.

「죄송해요, 지금 가진 게 이것밖에 없어요.」

그러고는 세탁비 명목으로 명길의 손에 현금 2만 원을 들려 주었다.

「저기요, 근데 우리도 이러면 안 되는 거 알아요. 하지만 사정이 있어서 그래요. 여사님은 모르잖아요, 그 돈이 저 오빠한테 어떤 돈인지. 저 오빠 진짜 불쌍한 사람이거든요.」

그리고 다시 정자 쪽으로 서둘러 달려가는 여자를 명길은 바라보았다.

비는 가늘어지다가 멈췄고, 잔가지 사이로 볕이 새어 들기 시작했다. 옷이 마르면서 달큼하고 시큼한 냄새를 더해 어딘가 더 고약한 냄새가 나는 것 같았다. 그래도 명길의 걸음은 빨라지지 않았다. 손에는 다 젖어 쓸 수 없는 수첩 한 권과 여자가 쥐여 준 돈 2만 원이 들려 있었다. 명길은 수첩을 열어 그 사이에 2만 원을 겹쳐 넣었다. 그러고는 그것을 고인 웅덩이 위로 아무렇게나 던져두었다. 누군가 그걸 줍는다면 뜻밖의 횡재에 기분이 좋을 것이다. 그러나 그걸 알 수 있을까. 낡고 허름한 수첩 속에 무엇이 들어 있는지 짐작이나 할 수 있을까. 그럼에도 거기에 무엇이 적혀 있었는지는 아마 아무도 알지 못할 것이다.

걷다

발행일   2025년 9월 20일 초판 1쇄
        2025년 12월 15일 초판 5쇄

지은이   김유담, 성해나, 이주혜, 임선우, 임현
발행인   홍예빈
발행처   주식회사 열린책들

경기도 파주시 문발로 253 파주출판도시
전화 031-955-4000 팩스 031-955-4004
홈페이지 www.openbooks.co.kr 이메일 literature@openbooks.co.kr

Copyright (C) 김유담, 성해나, 이주혜, 임선우, 임현, 2025, *Printed in Korea.*
ISBN 978-89-329-2537-0 04810
ISBN 978-89-329-2536-3 (세트)